第一反应

庄无邪 著

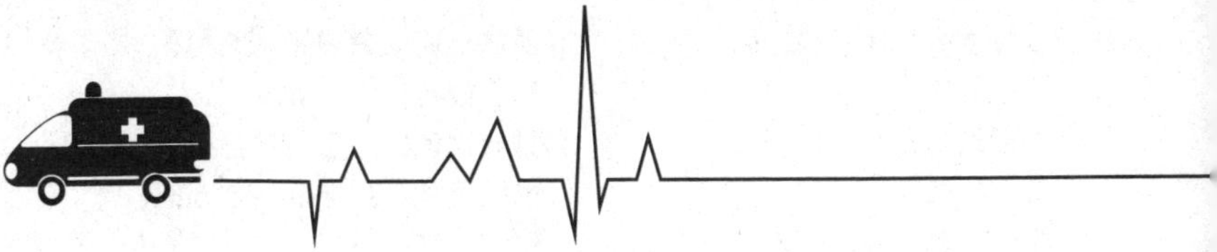

北方联合出版传媒（集团）股份有限公司
春风文艺出版社
·沈阳·

图书在版编目（CIP）数据

第一反应/庄无邪著. —沈阳：春风文艺出版社，2020.11
ISBN 978-7-5313-5834-3

Ⅰ. ①第… Ⅱ. ①庄… Ⅲ. ①长篇小说—中国—当代 Ⅳ. ①I247.5

中国版本图书馆CIP数据核字（2020）第150771号

北方联合出版传媒（集团）股份有限公司
春风文艺出版社出版发行
http://www.chunfengwenyi.com
沈阳市和平区十一纬路25号　邮编：110003
辽宁新华印务有限公司印刷

选题策划：单英琪　　创意总监：荣树岩　刘海鹏
责任编辑：王晓娣　　责任校对：曾　璐
助理编辑：高　洋　　封面设计：八牛·设计
印制统筹：刘　成　　幅面尺寸：145mm×210mm
字　　数：181千字　　印　　张：8
版　　次：2020年11月第1版　　印　　次：2020年11月第1次
书　　号：ISBN 978-7-5313-5834-3
定　　价：39.80元

一

鲁一帆等飞机停稳后关闭了手机的飞行模式，信号接入还不到10秒钟，微信里的消息就嗡嗡嗡响个不停。他来不及拿行李，点开仔细一瞧，都是急救中心群里发的，可这次没什么紧急任务，就是同事之间的八卦段子。

复兴医院急救中心的蒋副主任离婚了，曾经恩爱的两口子因为子女抚养权问题闹得不可开交，老丈人也没少使坏，又找关系又托人，活像是一根历久弥新的搅屎棍。

不幸的是，蒋副主任的前任岳父日前突发缺血性脑中风，直接被120送到了复兴医院急救中心。当时蒋副主任正好在岗，这下尴尬了，多年恩仇都摊到了手术台上。

前妻在手术室外面看着“宿敌”披挂上阵，俩人连个眼神交流都没有，提心吊胆了几个钟头，直到手术室灯灭，知道老爸没事儿，才敢哭出声来。前妻抱住蒋副主任就不撒手，又捶又打又掐又咬，把医院里不知道内情的小护士都吓一跳。她们涉世未深，还不太懂，这里面的医患关系十分复杂。

消息攒了几百条，大家好不容易在蒋副主任的友情赞助下有了不那么紧张的讨论气氛，发言相当踊跃。鲁一帆一路从飞机上看到了机场大巴上，孙主任来电话的时候，他还没把未读消息全部看完呢。

“落地了？”

“刚上大巴，马上回家。”鲁一帆看看大巴车挤上来一伙闹闹哄哄的老头儿老太太，不禁皱了皱眉头。

“一号车的事情怎么样了？”

“安排妥了，奉天成在那边等着呢，过几天就能开回来。”驾驶座那边门一开，坐上来一个小伙子，刀削脸，长眉细眼。

“一帆，我跟你说个事儿，你得先有个心理准备。”孙主任在电话那端明显欲言又止。

“啥事儿？”鲁一帆的心瞬间提到了嗓子眼儿，能让华丰市急救中心主任欲言又止的事儿必然不会是什么小事儿。

“老白最多还能再顶三四个月，就得往后勤撤了。到岁数啦，这些年跟着你‘鲁小跑’枪林弹雨，老头儿虽然还想上，但是家属意见很大。这次体检结果出来了，几项指标亮红灯，咱不能光顾车不顾人哪。”

“行吧，我明天劝劝他。”鲁一帆长叹一声，“老头儿要是回司机班坐办公室，一号车谁能开得动？”

“车坏了咱可以换零件，配置低了也能升级。老白不行啊，眼瞅着快六十的人了，不能总是没日没夜往外跑，得让他歇歇啦。”

“这事儿我想办法吧。”

鲁一帆挂了电话，就没心情再看微信了，把头靠在车窗上，看着大巴缓缓启动，心里涌上来一堆麻烦事儿。

华丰市作为中国东北部的一个交流枢纽城市，急救中心统共配置有108辆救护车，急救分站36个，已经建设完成了上级要求的半小时急救圈。一号车归急救中心本部直属，原则上也在调度体系里，然而这辆大型负压监护型急救指挥车却有着更加突出的地位和更加重要的任务。

一号车后厢分为两个无间隔单元，有两套系统，一套负责医疗急救，一套负责调度指挥。近些年来，华丰市举办赛事庆典、演艺活动、涉案救护和群体性事件的应急管理，都有一号车出没的身影。正因为如此，鲁一帆这个在美国进修了四年急救医疗专业、负责分管业务的副主任地位超然，是急救中心里的王牌精英，可以直接参与最高层级的相关专业管理会议。

对于急救中心内部来说，一号车就是个移动的ICU，其车内外配置都是国际超一流水准，为了能够更好地发挥效用，司机白瑞博对车体进行了多次改装，使得各种高科技急救设备在合理规划的空间内可以逐步升级更新。

随着时间的推移，一号车也在不断成长，这次鲁一帆远赴上海，目的就是给一号车再增增容，以适应5G时代，与信息处理中心通过网络进行联动式应急救援的新需求。

孙主任说得对，车可以升级，老白无法升级，岁数大了就是大了，体内零件哪儿哪儿都出问题，老头儿原本还想硬挺着再坚持坚持，可急救中心是干什么的？个顶个的医术高手，天天和老白接触，大家都知道他这体格虽然没大毛病，小毛病再攒下去可就要出问题了。

作为中心车管处司机班班长，老白本就应该退居二线，回到办公室协调司机管理，可他一周反倒有三四天要陪着鲁一帆出去跑，急救中心所有人都在吃青春饭，老头儿眼看过几年就要退休了，再不歇也说不过去了。

鲁一帆临走时，特意和孙主任打招呼，先给老白安排一次体检，没事儿当然万事大吉，真有事儿了，大家一起来想办法。现在听主任的意思，事情还不小呢。

这次一号车升级是由另一个驾驶员奉天成开到上海的，奉天成也是车辆管理处的老司机了，在急救中心干了十来年，目前担任司机班副班长，平时开九号车，轮机动岗。

由于常年替代老白跟上面沟通，这家伙有点儿油，他盯的不是车，而是老白那个司机班班长的位置，总想取而代之，一听老白不能出差，连忙请缨，陪着一号车走这么一遭，来加深自己在中心领导，特别是车管处秦伟亮处长心目中的好印象……

光工作上这些事儿，鲁一帆的心里就乱成了一锅粥，再加上之前微信群里的那个段子，更让他烦得没边儿了，都是中年人，谁家里还没点儿闹心事儿呢？

鲁一帆出差前，已经和老婆进入准分居状态了，杨冰说需要独立空间进行创作，顺带在娘家冷静冷静，思考一下他们之间不再恩爱如初的感情究竟出现了什么问题，鲁一帆怎么劝都不回家。他一个顶天立地的大男人，总不能跑到丈母娘那边儿把媳妇给跪劝回来吧？老夫老妻结婚八年了，痒都痒过了，错的又不是自己，她还想怎么样？

机场大巴上的老人们又笑又闹，完全不顾及别人的感受，这会儿还唱上了：日落西山红霞飞，战士打靶把营归……

鲁一帆起身想在包里找耳机，坐他前排一个戴着红色前进帽的大爷看他够够扯扯，也站了起来，单手把他的包从行李架上拽了下来，鲁一帆接包时刚想说声谢谢，就见大爷手放不下来了，直挺挺扑倒在了大巴的过道上。

“老营长，王营长，你这是怎么了？”和那大爷同行的另一个白发老头儿嚷出了声，所有老头儿老太太都要往这儿挤。

“都别过来，我是急救中心的医生，我叫鲁一帆，他现在突发心梗，谁有救心丸？”鲁一帆说完俯下身去，将那位王营长放平。

“找找，快找找。”白发老头儿指挥同行的人开始各自翻包找救心丸，七手八脚一通忙，很快就有一瓶速效救心丸递到了鲁一帆手上。

“别停车，直接往最近的建设医院开。”鲁一帆倒出瓶中仅有的几粒速效救心丸塞到王营长舌下，手掐在他的脉搏上，又翻了翻他的眼皮。这时，鲁一帆感受到了车速放缓，连忙冲着车前吼了一声。

“别停车，开快点儿。”白发老头儿跑到驾驶座上的小伙子耳边喊。

“什么情况？”小伙子一脸紧张，从后视镜里看了看车上情况问。

“快快快，去建设医院，我们营长他不行了。”白发老头儿怒吼道。

“谁？”小伙子扭动方向盘想要靠边停车，“出啥事儿了？”

“后面有个老爷子犯病了，咱车上有个大夫正帮着检查呢。”坐在他身后一个戴着花礼帽的老太太对小伙子说。

“求你了孩子，你快点儿开，营长平时体格不错，不耽误工夫准保儿没事儿。”白发老头儿语气软化下来，声音都在颤抖。

“多大岁数了？”司机想了想，又让车重新上路。

“我今年七十九，营长比我大三岁，八十二了。”白发老头儿急得老泪纵横。

“大爷你别睡，大爷你眨眨眼。”鲁一帆看着王营长的体征变化，扭头又吼，“硝酸甘油，谁有？”

“找找他本人的包儿。”鲁一帆交代完，跑到前面拍拍司机说：“兄弟，你必须加速，越快把他送到医院越好，老头儿不行了。”

“爱咋咋的吧。”小伙子扭头看看他们，又看看车上负责监控车辆动向的GPS，紧咬牙关一掰方向盘，手脚并用开始换挡加速。

机场高速，一辆大巴很快切换到了暴走状态，伴着一声声刺耳的喇叭，频频超车，见缝插针、分毫不让，把许多小车都甩在了后面……

建设医院是从机场到市区最近的一家配置了急救中心的医院，鲁一帆在车上已经和120指挥中心做了简单沟通，这边急救中心的曹副主任早在大巴冲进医院前就做好了准备。

训练有素的担架员和医护人员上车后，鲁一帆跟着他们一起把王营长转移进了医院主楼，送到手术室门口后，简明扼要地说完患者发病情况的鲁一帆就没再往里走。

“同志，我们营长……”白发老头儿不敢问其他人，却拦住了要下楼的鲁一帆。

“这要看具体的手术处置情况，耐心等等，相信医护人员。”鲁一帆谨慎地说。

“那你不跟着等了？”

“我也是乘客，凑巧专业是干急救的，赶上了这事儿临时处治一下，现在交给急救中心，后续他们处理会更加稳妥。”鲁一帆说完赶紧下楼。等他出了主楼来到院子里，刚刚停在门口的机场大巴已经不见了。

二

林童气喘吁吁跑到实验幼儿园的时候，孩子们早都放学了，他到了班里只见负责人方老师正在削苹果，还有个小女孩在写作业。

“不好意思，方老师，我刚才遇上点儿急事，耽误你下班了。”林童看了看孩子问，“若曦还听话吧？”

“挺乖的，今天还帮同学打扫卫生来着，我们若曦可懂事了。”方老师把苹果交给小女孩，擦擦手说。

“还不谢谢老师？”林童揉了揉孩子的头，孩子不耐烦地晃头甩开了他的手。

“既然家长来了，我就先走了。”方老师看出了孩子在闹情绪，但现在已经是下班时间，她不准备再管了。

“好的，谢谢方老师。”林童满脸堆笑，目送老师离开。

走出幼儿园大门，若曦仍然没和林童说话，林童只好拎着书包跟在她身后，保持着一步的距离，两个人一前一后到了公交车站。起风了，林童把自己的夹克脱下来，裹在了小女孩的身上，他穿着件背心，露出了身上壮硕的肌肉。

“孔若曦，你猜咱们今天会上谁的车？”林童踮脚望着47路公交车来的方向，跟小女孩这儿没话找话，“给你三个选项啊，钟叔叔、李叔叔、唐叔叔。”

“不猜。”孔若曦还在为林童迟到的事情生气，嘟着嘴巴踢了一脚候车站台的立柱。

“要是妈妈在车上，你会不会原谅林叔叔？”林童蹲下身子问。

“要是妈妈在车上，你就不用再送我去外婆家了是吗？”孔若曦哼了一声。

“看你呀，如果想回去做作业，我就勉为其难咯。”林童装出一副不情不愿的样子。

“知道我像什么吗？我像快递，从这里送到那里。”孔若曦扁扁嘴说。

“才不是呢，等你爸从外地回来了，就由他天天接送你，林叔叔也解放了，省得你看我不顺眼。”

“我没有看你不顺眼，我是看谁都不顺眼行了吧？”孔若曦吼了一声。

“来了来了，真像是你妈妈那辆车。”林童看着渐渐驶近的47路，不由分说地抱起孔若曦，咧嘴笑了。

车驶进站，林童上车先跟司机打了个招呼，接着就把孩子送到了后面售票员位置上的关婷怀中，他冲关婷挤眉弄眼做了个表情。关婷没搭理他，让孩子坐到椅子上，自己则到前面给几个人撕手上的票据。

林童又揉了揉孔若曦的头发，然后来到司机旁边，掏出公交卡刷了一下，身子斜靠在司机座椅外围的防护架上。

“丫头又发脾气了？”司机嘿嘿一笑。

“没办法，今天我耽误了点儿时间，晚来了一个钟头。”林童摇头一笑。

“真不愧是‘霹雳火’的闺女，这小暴脾气，跟她爹一模一样。”司机从后视镜里看了看小大人一样坐在售票员专座上的孔若曦。

“宋哥，你这速度不低呀，油不要钱哪？”林童看了一眼迈数表对司机说。

“当年老孔没教过你吗？公交车不能让私家车给压住，油门夯到底，甩尾要注意，稳着呢。”司机老宋不以为然。

“拉倒吧，师傅要不是因为油门夯到底了，人能进去？”林童摇摇头说。

“你俩是不是闲的？乘客不许跟司机闲聊，这上面写着没看见哪？”关婷皱着眉头指了指车窗上贴的注意事项说。

“婷姐，你这趟下来要是交班的话，我就前面下车了。”林童看着关婷小心翼翼地问。

“去吧，孩子跟着再跑一圈儿也没事儿。”关婷想了想说。

“宋哥，你慢点儿开，孩子在车上呢，老师说她中午没怎么吃东西，别给弄晕车了。”林童对司机老宋撒了个谎。

“稳着呢。”司机老宋拍拍方向盘说。

林童父母去世早，他和爷爷林卫国一老一小两个光棍儿生活在一个老社区，四十几平方米的房子倒是五脏俱全，卧室里放了个上下铺，林童睡上铺，爷爷睡下铺。

林童他爸是在十年前一起工程事故中没的，单位也给了一笔抚恤金，当时可以买套房子的，林卫国觉得林童岁数还小，不着急成家，结果误了大事儿，房价直线上蹿，很快就高不可攀了。

一步差，步步差，等老头儿反应过来的时候，抚恤金外加林童父母的一间小房，再四处借了一部分，才将将凑够新区的一套期房首付，但要明年才能交房入住。

林童平时不琢磨这些事儿，他才二十六，根本不急着结婚，打打游戏、刷刷手机，日子过得也有滋有味。可老头儿急呀，他都七十多了，虽然身体健康，没病没灾，可抱重孙子这事儿越早越好，能看着第四代成人，那得是多么幸运的一生。

林童时不时会把孔若曦带到家里，林卫国喜欢得不得了，平时抠抠搜搜的老爷子，买零食可舍得花钱了。孔若曦叫他老老爷爷，在林卫国面前可会装乖卖萌了，转身就故意气林童，经常把林童搞得哑口无言。

“大哲快出来了吧？”林卫国往嘴里夹了一块肉皮冻，一边嚼着一边问林童。

“还有仨月吧，实打实三年。”林童一伸手指说。

“唉，你说他，太冲动，哪有追着人车撞的？老婆孩子全扔下了，年纪轻轻蹲三年笆篱子。”林卫国叹息一声。

“唉，孔宪哲，霹雳火，到里面就灭了，婷姐根本不去看他，我上次去，他基本变哑巴了，光听我说他不说，这下一点儿脾气都没有了。”

“你可要加小心，过去人讲，一失足成千古恨，万万不能走错了路哇。”

“不能，我胆子小。”林童乐了。

“你胆子小？”林卫国撇撇嘴，“胆子小你捶人家队长，把好好的工作给混没了。”

“他欺负婷姐，我揍他还是揍轻了，这要让师傅知道了，出来以后第一件事就得弄死他。”林童瞪大了眼睛说。

“各家自扫门前雪，我不是不让你讲义气，咱不能把自己都搭进去吧。再说了，你大庭广众就动手，哪怕摸黑套个麻袋捶也行啊。”林卫国抿了一口啤酒说。

“行行行，你这老头儿脑袋里没好主意，打都打了，还不让他知道知道为啥打的，那我还打他干吗？”林童说，“现在去开机场大巴不也挺好？工资比开47路还高呢。”

鲁一帆在救了那位王营长后，一闲下来就开始琢磨那个驾驶机场大巴的小伙子。第二天到单位，他特意找人调取了当时整个行进路线的监控录像。老白到鲁一帆办公室打听一号车在上海的升级情况，鲁一帆把他拉到了电脑前。

“这弯过得可以呀，见缝就插，相当果断。”老白刚看几眼，就明白了鲁一帆的心思。

“中心一直想让你带徒弟呢，我觉得开车这小伙子技术上没问题。”鲁一帆用手指了指上面的时间进度条，“从机场到建设医院，他用了19分钟。”

“我开这车的话，17分半，开一号车能压进15分钟。速度倒在其次，他好就好在意识，车这么大，他能完全控制住整体，摆尾时扭动的幅度很小。”老白在鲁一帆的操作下，又看了一遍快放。

“后面有乘客一直在睡觉，到了医院才醒。”鲁一帆咧嘴一笑。

“人是啥样人哪？”老白凑近电脑，仔细看着模糊不清的驾驶员问。

“能放大。”鲁一帆把高清画面定格放大，林童的头像就凸显了出来。

“岁数不大，技术不赖。”老白点点头。

“你要觉得行，过去摸摸底？能挖咱就挖，现在司机班有A票能开一号车的人没几个，咱车大，你要一撂挑子，还真挺麻烦。”鲁一帆看看老白的皱纹，长叹了一口气说。

“人一上岁数，唉，麻烦。”老白知道自己的情况，在急救中心这些大夫面前也不敢嘴硬，只能服老。

老白到了机场巴士公司的时候，林童刚走，他可不是出车去了，而是被辞退了。之前临时变动路线去了建设医院急救中心，有不肯担待的乘客打了投诉电话，领导觉得，虽然林童有功，但也不能说无过，毕竟没有及时通知总部，于是想要扣他一个月奖金，这就把林童给惹毛了。

这世界怎么了？救人的人居然要被扣奖金？这根本就不是钱不钱的事情，既然事情来龙去脉如此清晰，奖不奖的都在其次，起码不能罚吧？领导见他顶嘴，又觉得他不懂事，双方越说越僵，林童最后直接就把车钥匙扔桌子上了。不干了，这不是一时冲动，而是原则问题，他绝不让步，既然自己是对的，凭什么还要受这帮人的气呢？

老白上门时，只见到了同样被气得不轻的领导，一听是来打听当时开车去急救中心的小伙子，差点儿把其貌不扬的老白轰出去，脸色相当难看地敷衍了几句，只告诉他一个名字，其他都与机场巴士公司无关了。

老白是个老江湖，在人性极端的急救中心干了几十年，见多识广，见怪不怪，既然小伙子不在这儿干了，真要培养他的话，倒省得走挖人程序了。

想摸林童的底细倒也不难，医疗系统有着全市的医保备案，这座五百多万人口的大城市里，他们找一个人比110找一个人还快，在急救中心各路资源的配合下，林童的所有资料很快经由鲁一帆，送到了老白手上，在他上门前，已经对这个没见过面的小伙子有了一些侧面了解。

林童，现年26岁，高中毕业没考上大学，在市公交驾校拿了A3驾照，21岁上路，加入了华丰市公交集团47路班组。去年年底，不知何故主动离职。今年年初，林童加入民航机场巴士公司，干了不到半年就发生了这档事儿。

老白不知道他为啥非要离开干了多年的47路班组，毕竟在离开那里之前，林童的职业路径一直都很稳定，可一走出47路班组就不稳定了，所以他要搞明白这件事情，才能慎重考虑这小子到底适不适合加入急救中心。

开救护车可不是闹着玩的，驾驶员心理素质甚至比驾驶技术还重要，特别是像一号车这么关键的岗位，必要时还得就地安营扎寨，担任急救中心的临时指挥部，万一把控方向盘的人突然失控，后果不堪设想。而林童先是离开47路班组，后又在民航机场巴士公司撂挑子，如果没有合理解释，显然不适合坐上一号车驾驶座。

三

鲁一帆根本受不了家里的脏乱差，可自从整天到处扔东西的杨冰搬到北城娘家后，偌大的空间一尘不染，却让他感到十分不安。

杨冰说什么总是头头是道的，她毕竟是个临床心理学家，逻辑缜密，语言组织能力极强，两口子一拌嘴，鲁一帆总是搞不清楚她到底是在狡辩还是在撒泼，他自己就没有过占理的时候，三言两语就会败下阵来。

裂痕是在杨冰从人民医院精神科主任医师的位置上辞职那会儿出现的。这么大的事儿，鲁一帆是通过自己同事才知道的，而当时杨冰的小说都已经写一半了。

鲁一帆太忙了，每天早出晚归，根本不清楚杨冰整天在干吗，当初只以为她是为了搞研究才窝在乱七八糟的书房伏案写作，万万没想到，她是真想走纯写作这条路了。

“写作才是进行大面积心理治疗的最佳方案，只有读书，并且读爱读的书，从中汲取到营养，不断调整心态，人才能有个健康的心理状态。”杨冰在鲁一帆问起来的时候仍然振振有词。

“少跟我扯没用的，我娶的是医生不是作家。”鲁一帆差点儿气疯了，因为他的工作是急救，其中有太多的不确定性，所以在生活中但凡可以确定的事情，他都不喜欢变化。

“你娶的是我杨冰这个人，跟我是医生还是作家没关系。”杨冰当时蓬头垢面，嘴边还有没抹干净的面包屑。

“你，太让我失望了。”鲁一帆这话说完就有点儿后悔了，谈恋爱时是他追的杨冰，杨冰对他毫无掩饰，把自己的优缺点，包括准备丁克，不要孩子的想法都跟他说了，就怕在一起后，会因为想象太美好，有一天对彼此失望。

“咱俩当初在一起是选择了爱情至上，不是门当户对、珠联璧合，谁不让你失望你找谁去。”写得满眼血丝的杨冰这会儿火气也上来了。

“你是学心理的，能不能控制一下情绪？”鲁一帆凭空挥了一下拳头。

“你是学急救的，能不能少制造紧张空气？”杨冰分毫不让地面对面瞪着鲁一帆。

“咱做对儿正常的两口子吧，可以不？”鲁一帆舒缓了一下情绪，用自以为冷静的语调说。

“鲁一帆你什么意思？正常两口子什么样儿？你给我表演一下呗。”

“我懒得理你。”鲁一帆把书房门一关，坐在客厅沙发上开始生闷气。

鲁一帆原本以为杨冰会接着出来跟他继续吵，可没想到从来都不藏着掖着自己小性子的杨冰居然没追出来。他百无聊赖地在沙发上睡了一觉，这一觉不知道睡了多久，就被一股刺鼻的恶臭味道给熏醒了。

“你在干吗？臭死了。”鲁一帆冲进厨房看着正捧着一碗螺蛳粉大快朵颐的杨冰问。

“好吃到爆，我看网购直播时好不容易抢来的，来，你快来尝一口。”杨冰不计前嫌地把碗捧到了他面前说。

“少恶心我了，这味儿，是人吃的吗？”鲁一帆捏着鼻子说。

“人家广西人天天吃这个，你吃了就知道了，比臭豆腐还香。”

“你明知道我不吃臭豆腐，搞得一屋子都是臭味儿。”鲁一帆气急败坏地打开了窗户。

“不吃拉倒，爱哪儿吃哪儿吃去。”杨冰故意抽动着鼻子气他。

“我……你……”鲁一帆看她那样，憋了很久的火气终于冲上了头顶，抢过杨冰的碗，把整碗螺蛳粉都倒进了垃圾桶。

“鲁一帆你干吗呀？”杨冰把筷子扔到了地上，跺着脚冲鲁一帆喊。

“都别吃了，饿着吧，等你啥时候出了书咱再开饭。”

“我说你咋没完没了呢？原来就因为我辞了职专心写作，你觉得不靠谱是吧？”

“这根本不是靠谱不靠谱的事儿，事先你总得跟我商量一下吧？别说是夫妻两口子，就算是抬头不见低头见的室友换工作，也得提前跟对方打个招呼吧？”

“鲁一帆我告诉你，从前年到今年，我至少有十次和你说我累了，每天像是背着个无形的大口袋，里面的事儿越塞越多。可你每次给我的回复都是你更累，鲁小跑嘛，来了任务小步快跑。我跟你诉苦的意思就是单纯的诉苦，不是想和你交换痛苦，是单方面的诉苦，你想找我诉苦咱们可以换个时间点说，我都说无数次了，你咋就不明白呢？”杨冰揉着头发说。

“那你也不至于搞到辞职这么严重嘛。”鲁一帆虽然心中一软，但嘴还很硬。

“我是学心理学的，求助无门的情况下，我当然要先想办法解决自己的心理问题。你也知道我从小爱写作，写小说本身也是一种心理宣泄，既然我懂得怎么样才能让自己快乐起来，我就去做呗，不然就真崩溃了，会变得抑郁的。”

“你倒是快乐了，我不快乐了。”鲁一帆撇撇嘴说。

“你说过的，我快乐，你就会快乐，这话过期了吗？”杨冰突然抬头认真地看着鲁一帆。

“这屋太臭了，我下去买点儿吃的，给你带点儿啥？”鲁一帆不想在这种局面下回答杨冰这个问题，拿起件衣服就往外走。

“我喜欢吃的，你都给扔了。”杨冰苦笑说。

鲁一帆以为这只是一次简单的拌嘴，他们以前也不是没吵过，甚至比这次更加惨烈相互咆哮的时候都有过，可这次的杨冰看来是认真了。

第二天，杨冰就带着电脑和几件换洗衣服回了娘家，一住就是一个多月，每次联系她，杨冰都会说自己正在创作的紧要关头，没时间回去和他怄气，把鲁一帆搞得越发懊恼。

老白看着鲁一帆一脸愁容的样子，就觉得他肯定是在为家事烦恼。老白资格老，其他人的家事倒都可以帮着参谋参谋，唯独这位鲁医生的家事，他不敢多嘴。鲁一帆在急救中心，本身就是个技术能力突出、急救医学颇有建树的留洋高管，坐的是第三把交椅，却偏偏不让称官衔，只许叫鲁医生，工作心态稳健得可以说泰山崩于前而不变色。鲁一帆的太太杨冰又是搞临床心理学的，虽然不会时时研究人，但估计也很少有人上赶着去研究她。在老白看来，这两口子闹家庭矛盾，肯定不像其他夫妻一样抬杠拌嘴，一人给对方来篇论文都不是没可能的。

“咋了？有事儿？”鲁一帆歪着头躲过电脑显示器看老白。

“我又从侧面深入调查了一下，那个林童，好像不太合适。”老白皱眉说，“他在公交公司开年会的时候，打了一个车队队长，这次又把机场巴士公司的领导给气够呛，全是不欢而散，两份离职报告一句好话都没有，咱这车可不是一般人能开的，我怕他……”

“你怕他突然毛了，在咱一号车上失控是吧？”鲁一帆起身给老白倒了杯水，也皱着眉头开始慎重考虑。

“说到失控，我还有个事儿也得跟鲁医生你汇报一下，他在开47路的时候有个师傅叫孔宪哲，车队里外号霹雳火，因为一次剐蹭事件急了眼，开着大车追着小车碾，那可是真失控了。”

“啊？还有这事儿？”鲁一帆怔住了。

“嗯，孔宪哲被判了三年，估计都快出来了。”老白想了想说，“不过正是他进去之后，林童才成为主力驾驶员的。”

“林童在路上有过这种失控吗？”

“这倒没听说。因为霹雳火事件，公交公司给司机们搞过几次心理疏导，具体咋搞的我在他们公司领导那边也没问出来，杨大夫有可能……”老白小心翼翼地看着鲁一帆那张不动声色的脸，没再往下说，就把话头扔在了这儿。

老白出去后，鲁一帆纠结了很久，时而觉得这是个和杨冰破冰的机会，毕竟自己是真有事儿找她。时而又觉得杨冰未必能给他这个面子，自己有可能会碰一鼻子灰。鲁一帆在心里说服自己，无论如何，涉及工作了嘛，杨冰向来知道他的工作人命关天，总不至于不懂事到不配合吧？

所以鲁一帆先是假模假样给杨冰发了个微信，问她是否在忙，杨冰回得倒挺快，用了个跷二郎腿的表情包。鲁一帆觉得这事儿在微信上说不清楚，索性就把电话打了过去。

“咱妈身体还好吧？”鲁一帆先搬出了丈母娘策略，他那个潇洒无比的岳母，对杨冰的影响很大。

“挺好的，约了陈叔叔去打网球，不知道今晚回来不回来吃呢。”

“那你怎么解决晚餐？要不要我去接你，咱们一起吃个饭？”鲁一帆故作轻松地嘿嘿一笑。

“再忍些日子吧，不要打扰我创作。截稿日马上就要到了，编辑那边催得紧，我写完还得和出版社商量如何改动和营销呢。你有事儿啊？有事儿就说事儿。”杨冰丝毫不给鲁一帆面子。

“还真有个事儿，市公交公司前几年出过一起事故，他们领导给司机团队搞过几次心理辅导，是你们医院精神科做的不？”鲁一帆一看绕路不通，马上调整了一下策略，语气变得严肃了起来。

“好像有这么个事儿，不过我没参与，那段时间不是去省里交流学习了嘛。”

“你可不可以联系一下原单位，帮我找出一份报告来？我这儿要给一号车配一个能逐步代替老白的司机，目标有了，但他的心理状态我得知道哇。”

“不可能，精神科在非必要情况下，所有接触过的患者信息都是保密的，一旦人家知道了我们把病历信息分享给外界，严重点儿说，会吃官司的。”杨冰拒绝得斩钉截铁。

“哦，那算了，我也就随口打听一下，老白身体越来越差，可是能开大型指挥救护车的司机不多……算了，我再找找其他人吧。”鲁一帆说完就准备挂电话。

“你把目标的信息发我手机上来吧，我找几个学生，让他们过去帮你扫一眼，旁敲侧击了解一下情况。虽然不是科室里那种正规心理诊疗，但多少能摸出点儿谱来。”

“太好了，我就想知道，这人的情况掌控力如何，适不适合给我开车。”鲁一帆知道杨冰带过许多心理学科的学生，个顶个是人精，赶紧表示谢意，“谢谢杨大夫肯上心帮忙，嘿嘿。”

“车上坐的是我老公，我能不上心吗？”杨冰叹息一声。

四

林童在机场巴士那边辞职后，决定懒散一段日子，他骗林卫国说自己仍在上班，只是调到了自由岗，时间由自己安排，其实他就是每天睡到自然醒，然后跑到网吧打游戏，到点儿了帮忙把孔若曦接到她外婆那里。

“老老爷爷还不知道你丢了工作的事情吧？”下了47路公交车，还需要走一段路才能走回关婷的娘家，孔若曦仰着脸问林童。

“当然不知道，你周末去的时候，可别说走了嘴，这是个秘密。”林童咧嘴一笑。

“唉，你们大人咋都有秘密呀？我妈妈也有秘密，昨天她接我的时候，明显哭过，非说自己没事儿。”孔若曦叹息了一声。

“你妈妈哭了？不能够吧？她那性格，纯爷们儿，咋能哭呢？”林童摇摇头表示并不相信。

“我骗你干吗？她真的哭过，眼睛都是红的。”孔若曦皱着小眉头急切地解释道。

“行行行，我相信还不行吗？”林童看孩子认真的模样，无奈地放弃了与她争辩下去的念头。

“爱信不信。”孔若曦翻了个白眼就往前跑。

“看车看车，你慢点儿跑。”林童赶紧拎着她的书包追了过去。

从关家出来，林童觉得自己这一天所有的事情都办利索了，吹着口哨走在路上一身轻松。最近这些随性的日子让他觉得无比享受。要不是为了钱，谁又愿意工作呢？

出了小区拐过来，从这里步行回家慢走也就二十几分钟，林童在小超市里买了根雪糕叼在嘴上，夕阳西下，他计算着时间，这会儿回到家中，林卫国应该已经做好了饭菜，自己只要在上楼前记得给老头儿买两瓶啤酒，爷俩儿的一天就这样过去了。

在往垃圾桶里扔雪糕棒儿的时候，林童突然觉得后面有一个人影离他越来越近，几乎贴了过来，这种尺度让他觉得不太舒服，转过身去与其直视才发现，那人有着一张熟悉的面孔，只是锃亮的光头上起了个明显的大包。

“师傅，你咋……回来了？”林童喜形于色，扑过去就给了孔宪哲一个大大的拥抱。

“昨天出来的。”孔宪哲并没有特别兴奋，反而显得有些颓唐。

“那你咋不告诉我呢？我去接你多好？我这几天正好换工作，总也不歇着，闲得都快长毛了。”林童笑着说。

“我没告诉你，是想先找若曦她妈唠唠，呵，没法儿唠。”

“难怪孩子说婷姐昨天哭了。”这会儿林童终于相信了孔若曦的判断。

“她还有脸哭？你看我……”孔宪哲满脸通红，指着头上的包说。

“那你想咋整？”

“咋整？我就是心软，从来没打过女的，结婚这些年，净让她欺负来着，她要是个男的，我捶死她。”孔宪哲咬牙切齿地说。

“是男的你俩能结婚哪？”林童乐了，“别唠了，咱俩找个地儿吃点儿饭吧，我请师傅喝酒，算是给你接风洗尘。”

“不去了，能在外面见着你一面就挺好，我还有点儿事儿要办呢。”孔宪哲咬咬嘴唇摇头说。

“你刚出来，能有啥事儿啊？祖宗，你不是又想去惹祸

吧？”林童知道他这师傅是个不计后果、睚眦必报的人，

“瞧你说的，我都蹲了三年了，还能惹啥祸？”孔宪哲脸上一点儿笑模样都没有，这让林童更加担心。

“要不我把若曦接下来，让你和她亲近亲近？”林童打出了这张温情牌，想要留住孔宪哲。

“算了，我不愿意因为这些破事儿再跟她妈置气。你是我带出来的，说是师徒关系，我拿你当亲兄弟，多帮哥照顾照顾她们吧。”孔宪哲说完这话，拍了拍林童的肩膀就要走。

“我就知道你肯定得来。”关婷从不远处怒气冲冲快步走了过来，抬手就给了孔宪哲一巴掌。

“婷姐你别闹，这大庭广众的，让人看热闹不像话。”林童连忙站在两人之间，自己也挨了关婷一脚。

“就这么个货，出来先打听我跟谁好了，非说我和董长河有一腿，我跟47路哪个男的都好过，你个蹲监狱的能管住吗？”关婷根本不在意路人的侧目，指着孔宪哲的鼻子骂。

“师傅，没那个事儿，那小子自己在外面传的，我都把他处理了。”林童一听就乐了，关婷说的这人，就是在年会上被他暴打的混蛋，关婷烦都烦死那人了。

“这是我的家事，你处理不好，得我自己处理。我不跟这老娘们儿瞎矫情，你等我去问问他的。”孔宪哲说完穿过马路就往对面跑。

“师傅，我跟你去吧。”林童见事不好，连忙去追孔宪哲。

“林童你别管他，疯子，他就是个疯子。”关婷跺脚怒吼。

孔宪哲走得极快，林童为了躲车流，没追几步就把人给追丢了，等他再回来时，刚刚还在的关婷也已经不知所终。他了解孔宪哲，这人平时还算正常，一上来脾气，有一种敢毁天灭地的不管不顾，孔宪哲现在这种状态，只要逮到了人，董长河凶多吉少，很可能会出大事。

林童没敢直接回家，他给董长河打电话说是空号，又坐在路边打了一圈电话，联系以前47路的同事，大家一听他说想找董长河，都劝他别惹祸，甚至不等他把话说完就以自己有急事为由挂了电话，这把林童给气坏了。

林童当然不会找董长河麻烦，相反是要救他，林童必须提醒董长河找个地方先躲几天，等孔宪哲寻思明白消了气，肯听人解释了，才能平息事端。否则他钻进牛角尖里，认准一门儿死理，是个极度危险的人物。

幸好最后有人告诉他，这位人品不怎么样的队长运气不错，一个月前因为老婆的工作调动，离职搬家去了省城，这着实让林童松了一口气，想来关婷敢拿董长河的事情和发了疯的孔宪哲硬顶，估计就是依仗着对方走人了，孔宪哲想玩儿命也找不着对手。

回去的路上，林童不由得暗自苦笑，婷姐向来满脑袋主意，又跟孔宪哲过了这么多年，可以说是对他了如指掌，拿捏他死死的，自己操的哪门子心呢？

杨冰是单亲家庭，妈妈学识广博，是个大学教授，对她的教育从来都听之由之，任其散漫，从事业婚姻这种大事到理发赖床这种小事，杨妈妈从不会对女儿的选择和行为提出异议，只会全力支持，这是杨冰从小就心理强大的重要原因之一。直到她遇上了鲁一帆，杨冰才惊觉自己不仅需要支持，还需要关怀、包容和爱。

鲁一帆太完整了，和他在一起最大的正面影响是，一切都可以完整地放心托付，与之相匹配的负面影响是，这人好像总是小心翼翼地在维持完整，使得身边的人都不敢让他失望。

杨冰毫无疑问是爱鲁一帆的，也知道鲁一帆爱她，可她就是想破坏掉他的完整，不能让他如程序一般运作，如果这需要以离婚为代价，那就离婚。因为杨冰担心，如果不是由她来主动破坏，有一天这种完整在客观条件下被环境被动破坏，鲁一帆会即时崩溃，到时候谁都无法挽救，后果难以设想。

医者不自医，是千古宿命。

杨冰知道，其实鲁一帆有一个伟大的理想，就是发展全民急救普及，减少非正常死亡概率，降低猝死的概率，多救一些人。可杨冰更清楚，这事儿急不来，需要时间，需要系统，甚至需要机缘。

现在急救中心是个什么地方？赚得少、干得多、门面小、压力大。都是人命关天的事儿，救下再多人也是本职工作，不算立功。可要是出了一次事故，职业生涯就算交待了。医疗体系内的人都不愿意往那边调，急救中心岗位缺兵少将，新人是稀缺物种。

纠结再三，杨冰还是关掉电脑，放下手头书稿，她决定亲自参与对林童的心理调查，来帮鲁一帆面试个新人把把关。

五

一号车开回来了，老白终于又坐进了自己熟悉的驾驶座，可是看着车上新换置的数控板，他却不得不感叹自己仿佛已经失去了当年驾驶这辆白色战车的万丈豪情。

老白在奉天成的指导下熟悉着车后的5G配件变动，以及新的注意事项，感觉自己像一个不愿意离开战场的老兵。岁月真是无情啊，无论你留恋它的理由是高尚还是卑鄙，都无法使之宽容。

“老大，你要信得着我的话，就多在办公室歇歇，我摆弄它，一点儿毛病没有。”奉天成嘿嘿一笑。

“这老伙计，还真不是能糊弄的，它刚来的时候，里面要啥没啥，那会儿经费也不像现在这么宽裕，我和鲁医生一点儿一点儿凑份子，才把它攒成这样。但凡我还能干一天，绝不撒开一号车的方向盘。”老白摇头，他觉得奉天成的态度过于轻慢，对一号车来说，这种轻慢是一种不尊重，这辆车见证了太多生死悲欢，它要是个人的话，绝对受得起任何形式的赞颂和尊重。

“唉，你说你这么大岁数了，还挨这累干吗？咱急救中心说白了吃的也是口青春饭，你老人家往空调房一坐，指挥指挥，兄弟们就把活儿都干了，你还省得挨累，多好。”奉天成在车队里也是老资格，跟车管处的直属领导秦处长的关系又好，言谈中并不会刻意奉承这个只高他半级的班长。

“走了这么些日子，想媳妇了吧？赶紧回家吧，案头票据的事儿我处理，咱们啥时候想唠都能唠，我且得再干几年呢。”老白觉得他和奉天成只能算同事，还不能算是朋友，毕竟俩人的想法不太一样。其实能在急救中心干下去的，没有坏人，有私心的好人却比比皆是，他老白也有私心，方向和奉天成不同而已。

把奉天成撵回家后，老白像看孩子一样围着车身一通转悠，他打了两桶水，开始给一号车做清洁，闻着空气中汽油和消毒药水夹杂在一起的味道，老白感到无比幸福和安全。

“白师傅，我刚才还看见老奉在楼下，这会儿他又跑哪儿去了？”九号车的随车医师柳旭从楼里出来，到了停车场问老白。

“我把他打发回家了，这一走好些日子，家里还一对正上中学的双胞胎，他不在，肯定把媳妇忙得一肚子牢骚，得让他赶紧回去安抚安抚老婆。”老白转头看看这个白白净净的小伙子，觉得他很有鲁一帆当年的风采，怎么看怎么顺眼，要不是自己已经当了外公，非把这个有为青年作为乘龙快婿的首选，所以跟他说话既客气又温柔，“怎么了，柳医生，你找他有急事儿？

需要帮忙就说话。”

“哦，没有，我就想问问他，啥时候能回来出车，小刘还是需要再培养培养，差点儿意思。”柳旭不好在司机班班长面前说重话，只能委婉地表达一下自己对代班司机的看法。

“我没听他说累，刚才还在和我念叨想去你那屋问问最近啥情况呢，晚上我俩再通个电话，或者你直接问他也行，估计这两天就可以回到岗位上。”奉天成虽然有小算计，但技术过关，工作热情和态度上也没毛病，老白并不担心。

“那行吧，你先忙着。”柳旭说完刚要转身，又像想起什么来了问老白，“他是准备要过来接白师傅的班，开一号车吗？”

“没这安排，你们俩同车也有两年了吧？等你啥时候上了一号车，我再把方向盘交给他。”老白开了句玩笑说。

“鲁医生在，我可不敢有这想法。”柳旭连忙摆手，谁不知道一号车有指挥任务，跟车医生一定是领导级别的专业大拿，他要应了这话被人知道，肯定会招来急救中心所有人的质疑。

“逗你的，不过柳医生你还是应该自信一点儿，鲁医生可是非常看好你这位得意门生的。”老白笑了。

急救中心属于华丰市第一医院的配楼，是个仅有三层楼的20世纪80年代建筑，从急救中心后门上到二楼走到头就是鲁一帆的办公室了。据说最早的时候鲁一帆办公室在三楼，有一次出任务急了点儿，他推窗户就蹦下去了，一瘸一拐上了车，收队回来后才发现脚指头骨折了。后来孙主任就把他安排到二楼拐角了，怕他再急了往下蹦。

鲁一帆没事儿的时候一点儿都看不出急来，像是个有点儿成就和智慧的中年知识分子。

此时他正站在窗前看着柳旭和老白说话，对这孩子，他确实寄予厚望。柳旭是个热爱急救专业的人，当年因为母亲在工作单位突发急病，同事拨打了120急救电话，还在轮机动岗的鲁一帆出手救了老太太，让柳旭这个刚考上医学院的年轻学子产生了仰慕之心。

由于品学兼优，柳旭毕业后被留校保研，学的也是急诊方向的专业，工作首选就是迫切需要新晋人才的急救中心。

鲁一帆对他的培养是多方面的，从学术技能到临场应变，均严格按照国际一流水平的急救医学方向施教，鲁一帆知道自己其实也是吃青春饭的，他现在也已经四十多岁了，迟早有一天会像老白一样在岁月面前低头，尽早未雨绸缪，做好梯队建设，起码不会临时抓瞎乱了阵脚。什么工作岗位上都允许偶尔因为马虎出现这样那样的失误，唯独救命的工作不行，他们一露怯，病人就咽气儿了。

现在鲁一帆正在对柳旭进行新一轮的全面考察，柳旭的职业路径，甚至包括人生走向，都可能会因为这次考察而发生天翻地覆的变化，他是否能扛住，鲁一帆也不敢完全笃定。就在鲁一帆思考的时候，孙主任敲敲门，拿着一沓文件走进了鲁一帆的办公室。

“鲁一帆你搞什么?”孙主任把文件扔在鲁一帆的桌子上开门见山,“你当时急赤白脸非要增加一个提副主任医师的名额,我跑上面求爷爷告奶奶才抢来一个给你,你怎么连柳旭的资料都没有报过来呀?”

“他不行,现在还不能提副主任医师,你看我报这几个,都是老大难了,选谁你定,绝对众望所归。”鲁一帆拿起文件一张一张翻给孙主任看。

“你当跟我这儿打迷踪拳,我比你会当官儿。全急救中心,最众望所归的就是柳旭,谁都知道他的能力和业绩,还是你的掌中宝,这会儿你连报都不往上报,什么意思嘛,这我要是没往上提他,不知道的还以为班子不团结,咱俩闹矛盾呢。”孙主任气急败坏地敲着桌子吼。

“做贼心虚了不是?他还年轻,先稳一稳,磨磨性子,不急,不急。”鲁一帆嘿嘿一笑,“媳妇不在家,我偷了她不少好咖啡,回头我给你拿过去两盒团结团结。”

“鲁一帆,你把柳旭扣下,是不是……你也太偏心了,这么搞,下面是会炸营的。”虽然屋子里没人,孙主任还是环顾了一下左右,压低了声音呵斥鲁一帆。

“炸营找我,反正不会拖累你这个当头儿的。”鲁一帆一副若无其事的样子,“再说了,这不也是尚在观察阶段嘛,他能不能合格,事情成不成,挺不挺得住还两说呢,机关算尽、鸡飞蛋打的事儿咱也没少见了,请领导放心,我心里有数。”

“你……这事儿行不行都是颗雷，我看你怎么收场。”孙主任气得一时语塞，抢过鲁一帆手中的文件，转身走出了鲁一帆的办公室。

六

杨冰找到了自己的一些学生，请他们帮忙调查林童，试图挖掘一下这个人的心理行为图谱，通过几天的摸排，很快就收到了林童这些年一系列的行径与动向。

在涉及与关婷有关的部分时，杨冰有了一些别样的直觉，她甚至认为，当时林童为了关婷暴打前主管，可能有很大的原因是自己吃醋，而不是单纯地只为了帮师傅孔宪哲保护家庭。孔宪哲和林童虽为师徒，但两人的年龄差距仅有十岁上下，关婷也就三十出头，孔宪哲坐牢后，扔下的老婆孩子基本都是林童在帮忙照顾，两个人产生情感并非是不可能的。

这些目前都是杨冰的粗浅判断，她并不能拿这种猜测去推断衡量林童这个人是否适合接触鲁一帆那辆意义重大的急救中心一号车，所以她决定还是得去看一下这两个人在一起的真实状态。

董长河已经在省城里安置好了一切，此次回到华丰市，是要到公交公司办一些后续工作交接的手续。手续办完后，正好赶上关婷也到公司去做月度出车日志备案，董长河看见了关婷，而关婷并没看到他。

早在孔宪哲最初把关婷带到公交公司来当售票员的时候，作为队长的董长河就看上了美艳动人的关婷，他嫉妒像孔宪哲这样的糙汉子，居然也能娶到这样俊俏的小媳妇，而自己却要天天回家面对黄脸婆。

孔宪哲出事儿后，最开心的就是董长河，看羊圈的狗没了，他这匹狼的机会来了。可是万万没想到，林童对他师娘，照顾得比董长河还好，小伙子没事儿不出去泡妞，生活枯燥得就像个老人，假期也帮人家带孩子。

即便如此，董长河还是出手了，他先是在司机团队里放出风去，说关婷对他早有企图，接着还想试探一下对方的底线和接受度。于是在年会上，董长河借着点儿酒劲对关婷动手动脚。可还没等他体会到食髓知味的快感呢，平时老实巴交的林童就怒了，酒瓶子直接往他脑袋上砸，要不是在场其他人拉着，他脑袋就开瓢儿了。

好在公司领导处理公允，把打人的林童给当场辞退了，董长河也被调往后方，没太大影响，赶个机会又举家搬迁离开了华丰市。董长河一路顺风顺水，若说有啥遗憾，就是这本应该得手的小媳妇没能上手。今日一见，赶紧得找个机会再试试看，她是否能给自己一亲芳泽的机会。

董长河开着车一路跟着关婷，从公交公司居然跟到了儿童医院，原来今天方老师给关婷打电话，通知她孩子有点儿发烧，这样关婷才提早去公司交备案，方便直接下班，而林童早已经到幼儿园接了孔若曦去医院，给她打上了点滴。

关婷到了医院门口，突然呆立在那里，因为她总觉得有人在跟着自己，想想可能是孔宪哲，就左顾右盼地找了找。关婷不知道的是，这会儿跟着她的可不只是一个人，而是三个，非但孔宪哲在盯着她，还有两个藏在各自车里的不速之客，一个是董长河，一个是杨冰。

“等我呢？”董长河驾车来到了关婷面前，缓缓放下了车窗，露出一张猥琐的脸。

“董长河？你来干什么？”关婷这会儿突然想到了一种可能，连忙拍着车窗跟他说，“赶紧滚，滚滚滚。”

“咋的？孩子病了？别着急，这里我有认识的人。”董长河根本没意识到关婷的恐惧，还嬉皮笑脸地跟她纠缠。

“你再不走我叫人了。”关婷掏出电话就拨给了林童，“林童你出来一趟，我在医院门口，董长河在这儿胡搅蛮缠。”

“你还在跟那小崽子搭伙呢？我正好也想找他唠唠呢。”董长河从自己副驾驶的储物盒里拿出一根伸缩警棍，他不怕林童，当时打架是被抽冷子袭击了，之前不敢找林童，也因为自己还在公交公司，现在一点儿都不怕他。

“赶紧走吧，老孔回来了。”关婷说这话的时候，只见对方的脸抽搐了一下。

还没等大惊失色的董长河发动车子，一个身影就从车后移动到了车前，双眼通红的孔宪哲手持一柄铁锤，一锤就砸在了风挡玻璃上，玻璃应声碎裂。儿童医院门前，带孩子的家长一边尖叫，一边抱着孩子跑，在孔宪哲一锤又锤砸玻璃的时候，哭声喊声乱成了一片。

正在车里观察关婷的杨冰根本没想到会突然出事，她几乎整个人都傻掉了，赶紧掏出电话报警。只见林童逆着人流从医院里冲了出来，他跑过去和关婷一起去拉孔宪哲，可此时的孔宪哲已经进入疯魔状态，脑中的意识只有干掉董长河，拉也拉不住，反倒把他们都甩倒在地。

董长河情急之下赶紧换挡踩油门，车子顶着孔宪哲就冲了出去，林童此时却顾不上这边了，他看见一个小男孩在前方路边哭着，连滚带爬地冲了过去，把那孩子抱到了铁护栏里。而当林童转头再看时，董长河已经把孔宪哲顶到了路边超市的墙上，孔宪哲一脸狰狞，嘴里还往外喷着血沫子。

林童跑了过去，他先是把外套扔到了孔宪哲脸上，然后拽开车门就把同样红了眼的董长河拖了出来，董长河还想挣扎，却被林童一拳放倒，骑在了身下。

孔宪哲突然出现后的所有事情，都是在极短的时间之内完成的，杨冰此时刚刚挂上报警电话。她把车子停好，下来去提醒还没反应过来的保安组织人手处理当前局面，自己则扶起了摔在地上没能挣扎站起来的关婷。

“若曦呢?”关婷想起了女儿，撕心裂肺地喊。

“她在里面打针呢。”林童见保安过来，也从董长河身上站了起来，“到底咋回事儿啊？”

“我也不知道啊，董长河突然就冒出来了，这几天老孔找不着他，肯定是盯着我呢。”关婷看了一眼趴在车前动都不动的孔宪哲问林童：“你蒙他脸干啥？”

“这儿都是孩子，他现在那样，谁见了不害怕？保安肯定报警了，等警察来吧。”林童看看站在关婷身边的杨冰：“谢谢。”

“他……他咋样了？”关婷心有余悸地看着孔宪哲问。

“不知道，这车大，他撞了好几下，我不敢乱动，等警察和大夫来吧。”林童叹息一声说。

“小伙子，你认识这俩人？”杨冰不知道事情的来龙去脉，却看得出来林童的反应和情绪都非常及时而又果断。

“嗯。”林童点了点头，就不再说什么了。

他们尴尬地沉默了没多大一会儿，警车和救护车先后鸣笛而来，这种马路虽然宽阔，但由于有儿童医院，附近往来车辆仍然不少，林童又过去帮保安疏导了几辆车。在急救医护人员到现场组织救援时，才过来打听孔宪哲的伤情。

“伤者家属？”蹲在车上忙碌中的柳旭抬头看了一眼林童。

“对，我是他徒弟。”林童点点头。

“做好心理准备，他抢回来的概率不大。”柳旭说这话的时候丝毫没有感情色彩，他正在孔宪哲刚被剪开衣服的胸前轻轻摸索，转身对团队喊了一声：“老奉你把这车挪开，沈护士过来扶着点儿他，慢慢顺势向右侧放倒。”

“我能帮上啥忙？”林童看了看孔宪哲，这会儿他并不悲哀，只是感觉对方进监狱三年后，自己已经完全不认识这个师傅了，他无法想象一个人怎么会在儿童医院门前，根本不顾及环境，当着这些来看病的孩子和家长的面就要行凶。

“你帮护士挡一挡他另一侧，往左侧放倒会压迫心脏，目前体内断了多少根肋骨还不知道。”柳旭扶着瘫软的孔宪哲，“尽量往回救吧。”

杨冰认识柳旭，可她没敢和急救中心的人打招呼，她作为目击人之一，也陪着关婷接受了警方的问询，案发突然，一切过程都被儿童医院门口的多个公共视频摄像头记录了下来，杨冰的复述只是走过场。在惊魂未定的关婷和警方的交谈中，她却勾勒出了案发的前因事由。

从杨冰的专业角度简单分析便可知，孔宪哲是个有极端暴力倾向的人，而且是个偏执狂，自己认定的就以为是事实，他认定了关婷已经和董长河有了事实上的奸情，并认为连徒弟林童都被这对狗男女给骗了，没能阻止二人，所以他要不计后果干掉使他蒙羞的“奸夫”，在他看来这是正义的。

董长河这个倒霉蛋本来已经离开华丰市了。如果孔宪哲找不到他，过了刚刚回归社会、觉得哪儿哪儿都变了的恼火时期，在后来的日子里慢慢平静下来，至少会听人解释，打开心结。可是董长河居然赶在这个时候回来了，而且又对关婷起了歹心，这被正在满华丰市找他的孔宪哲见了还能忍？

命运像磁石一样，把这两个正负磁极推到了一起，惨案就这样在众目睽睽之下发生了。

被林童所救的小孩父母因为孩子受到了惊吓，跑到警方这里要求严惩凶手，可是现在到底该把谁裁定为凶手，连警方也说不清楚，只好安抚所有带孩子的家长赶紧远离现场，从另一个门出入医院。

这时关婷才想起来孩子还在里面打点滴呢，连忙跑进去看孩子，杨冰盯着她的背影看了好久，她甚至不知道这女人是怎么和孔宪哲这种暴力狂在一起过日子的，即便他没有打女人的前科，但像刚刚那样不顾一切地攻击别人，是迟早都要出事的。

关于对林童的调查，她心里倒是有谱了。这孩子的心理素质和应变能力毫无问题，而且他绝没有像孔宪哲那样的暴力倾向，他甚至知道挡住孔宪哲的脸，不让孩子们看见现场血腥的场面，留下难以治愈的心理阴影。这种行为在杨冰看来，相当难能可贵，只要鲁一帆认为他驾驶技术没有毛病，那么在心理素质方面，杨冰会投满分票。

七

鲁一帆跟杨冰通了一个电话，这是二人准分居这段时间以来最长的一次沟通。第二天，结束早会后，他把柳旭叫到了自己的办公室，仔细过问了一番他到儿童医院出现场的后续情况。

柳旭说当时将伤者孔宪哲就近挪到了儿童医院，并且跟到手术室亲自操刀抢救，可惜经过两个多小时的努力，孔宪哲还是没能救回来，死因是多个脏器受损导致衰竭。

“他的死亡确认通知书是不是你和一个叫林童的人共同签的？”鲁一帆若无其事地问。

“您怎么知道？林童是伤者的徒弟，伤者妻子以孩子小为由，给了林童一个委托书，抢救过程和结果由他替代家属全权跟进。”柳旭被鲁一帆的神通广大震惊了。

“你觉得那个林童怎么样？”鲁一帆又问。

“短暂接触来看，头脑清楚，态度认真，师傅在他眼前搞出这么大的事儿，他非但没崩溃逃跑，据警方说，他还救了个孩子。”柳旭不知道领导问他这些意欲何为，只能照实回答。

“这小子和他那个师傅一样，以前也是开47路公交车的，驾驶技术不错。你去警方那里找一下他的联系方式，这是急救中心今年的岗位招聘广告，当面交给他，问他愿意不愿意来咱这儿当司机。”鲁一帆从桌子下抽出了一张准备发往各大医院张贴的招聘海报递给了柳旭，“具体套路你自己琢磨，总之能把他套路过来最好。”

“这……他能行吗？”柳旭看着手上的海报怔住了。

“质疑我是吧？”鲁一帆笑着眨眨眼，“你要么干我刚才说的活儿，要么去各大医院亲自把其他海报张贴出去，还不能耽误其他工作，你选吧。”

柳旭刚拿着海报满脑袋问号地离开，老白就满脸堆笑地走进了鲁一帆的办公室，鲁一帆看他的表情笑得十分诡异，知道这老伙计肯定有啥事儿，憋不住了才会找他分享，所以没急着开口问。

老白从口袋里摸出了一张化验单，像拍支票一样拍到了鲁一帆的桌面上。

“啥？”鲁一帆皱了皱眉头。

“我想起来了，之前体检那几天，因为手头没车，就每天晚上喝点儿酒放松放松，吃的也没亏了嘴，所以血脂才高的。昨天我又查了一次，看，一点儿毛病没有。”老白笑呵呵说，“其他几项我回头也得一项一项地往外排，我挺好的嘛。”

“又来了是吧？说了人得服老，你自己也承认身体机能在退化，咋就不甘心呢？要保持最佳驾驶状态，根本就不是这些指标的事儿，话说白了吧，你老白要驾驶辆私家车拉着我，天涯海角咱俩跑，我都可以在车上呼呼睡大觉，但咱那一号车肯定不行。所以我才重新调整出车时间，让你有机会培养靠谱的继任者，你最多在车上留两年，头一年管车，后一年管人，然后回办公室，我给你弄茶具。”鲁一帆急得都站起来了。

“这不没有找到合适靠谱的人嘛。”老白咋舌道。

“找着了，林童这小伙子不错，杨冰侧面正面都调查过了，咱们知道他技术没问题，现在看他的心态也没问题，我让柳旭去找他入伙了。”鲁一帆把老白按到沙发上说，“你就好好带带后辈，贵在传承嘛。”

“传传传，传呗。”老白见最后的挣扎也被按住了，叹息一声说。

八

最近两天林童一直忙于处理孔宪哲的身后事，关婷知道，所有人都在等着看她的笑话，路上每一辆行驶的公交车里，讨论的都是关于她和这两个男人之间的流言蜚语。她只能咬牙坚持，在林童的帮助下一边照顾女儿，一边固执地上班，她要把孔宪哲和董长河对她造成的影响降到最低，还得瞒着孩子，赋闲在家的林童只好把其他事情都接了过来，而且也要像没事发生一样去接送孔若曦，避免给她带来伤害。

“若曦以后上学放学就不用麻烦你了，我决定了，换个房子，把现在那套大的租出去，到十九小学附近租间小点儿的，她过几个月就上一年级了，近点儿方便我自己接送。”存放完了骨灰，两天没睡、一脸苍白的关婷在殡仪馆门口对林童说。

“哎呀，我不麻烦，师傅千不好万不好，对我林童也是好的，你就别想那么多，先休息好了再说。”

“你现在自己都把工作混没了，家里还有爷爷要养，就都个人顾好个人吧，没必要为了给他面子在我们这儿搭钱搭工夫。”

关婷说，“我这几天会跟公司申请换个车，换到101路去，虽然站点儿多，可那儿是非少。”

“101可不能去，那路车上疯子更多，一个个踩下油门都不要命的。”林童连忙摇头，“再说你不用为我操心，我是A票，今年就能换A1本，工作不难找。”

“就这样吧，我是真累了，要不是岁数大了，自己又啥也不会，实在不好换工作，这辈子都不想上公交车。我现在想离所有跟孔宪哲有关的人和事儿远远的。林童真的不用麻烦你再接送孩子了，这些日子先让我妈帮帮忙，等我这边稳下来就好了。”

“大娘身体不好，你折腾她干吗？”林童咋舌。

“不好也不差这几天，我跟她说了，个把月的没问题。”关婷说完伸手摇摇，拦了辆出租车，“我直接去幼儿园了，以后有啥人情来往尽管吱声，不差事儿。”

“婷姐，你先回去歇歇，多琢磨琢磨，若曦还小，以后的路长着呢。”林童感觉到关婷用这样的平静和克制，在强行压抑自己即将到达临界点的崩溃。

关婷没法儿歇，她得让自己又忙又累，要不是寄存孔宪哲骨灰必须她这个在婚姻存续期的妻子签字，连这半天假她都不想请。接孩子的时候，关婷在幼儿园走廊里险些摔了跟头，多亏当时方老师在她身边，一把扶住了她。

“若曦妈妈，你没事儿吧？”方老师看了看她的脸色担心地问。

“哦，没事儿，有点儿累，可能是低血糖了。”关婷看了看教室的门，随意编了个原因。

“我这儿有哄孩子的小饼干，你先吃两片就能好很多。”方老师笑着从口袋里掏出两小袋薄片饼干撕开交给了关婷，“若曦手工课马上就下课了，要不你先到我办公室休息休息吧。”

“谢谢，不用了，我靠墙等她一会儿就行。”关婷见她如此热心，只好把饼干放进了嘴里。

“若曦叔叔今天很忙啊？”方老师若无其事地问。

“啊，他，有其他事儿。”关婷打量了一下方老师，低声回答道。

“还是让他来接孩子吧，既然若曦爸爸不在，我看你这身体也不大好，又要上班又要管孩子，别再累坏了。”方老师体贴地对关婷说。

“若曦叔叔最近换工作，换得比较远，未必能天天过来了。”关婷突然明白了方老师的意思，这个小姑娘看上了林童。

“哦，我先回办公室一趟，等下孩子们就放学了，你要是不过来坐，就稍微原地休息休息再动，低血糖对身体的影响可大可小。”方老师很有礼貌地对关婷一笑，转身回到了自己的办公室。

柳旭直到下了班才有时间联系林童，当时林童正准备喝顿闷酒，缓和缓和心里这些憋屈事儿，他让柳旭到一个小餐馆去找他。

林童现在说不好自己的心态是什么样的，一直以来，虽然他的成长过程曲折艰辛，但还算正常，从未真正遇到如此进退维谷的局面。孔宪哲当年是个暴脾气不假，可在那次失控非要追撞前车之前，只能算是个性格缺点，可这次从监狱出来后，那股子怨气和底火压抑不了了，开始用极端的情绪主动找事儿，直到酿成大祸。

林童对师傅感情是很深的，不过再深也无法面对当天面目全非的孔宪哲，他就不能多想想女儿，就不能多爱爱这个世界吗？好好的一个人，好好的一个家，就这样垮掉了。

更让林童担心的是关婷现在的状态和孔若曦的未来，关婷也有是非观，她对孔宪哲死了心，以至于连他最后送别都能不见则不见，却还要在别人的眼光中继续生活。若曦一个孩子，她的人生连幕布都没有拉开呢，家中就发生了这样的事情，等她长大后，该用什么样的心情去回忆童年里缺席的父亲呢？

林童酒量不大，柳旭来的时候，他已经接近半醉了，脑袋里一点儿自己的事儿没有，全是师傅家里的那些事情，前因，后果，过去，未来……

柳旭到了小餐馆，在角落那一张小桌上找到了自斟自饮的林童，林童虽然半醉，可对之前这个拼尽全力试图抢救师傅的医生印象不错，仰头给了他一个笑脸。

"柳医生是吧？坐，大夫也喝酒吗？"林童找了个杯子，在倒酒的时候却犹豫了。

“喝。”柳旭先从包里掏出那张招聘海报放在桌上，才拉开椅子坐到了林童对面，“先看看，有兴趣没？”

“这是干吗的？”林童看了几眼，有点儿迷糊，晃了晃脑袋问。

“听说你开过公交车，A3的驾照？急救中心有一辆大车招司机，你要不要考虑一下？”柳旭端起面前的啤酒啜了一口问。

“我不行，胆子小，不敢闯红灯。”林童脑袋摇得跟拨浪鼓似的。

“想什么呢？你是不是当我们急救中心特别喜欢破坏交通规则啊？”柳旭嘴里的啤酒险些喷出来，“我们只有在救护紧急伤患人员的特殊情况下，才会对社会车辆提出避让要求，不到万不得已，谁会闲着没事儿闯红灯啊？”

“那也不行，万一人死我车上，我睡不着觉。”林童还是摇头。

“我知道这事儿说得有些突然，我不知道我们领导从哪儿听说你了，你也不用现在决定，回去考虑考虑，中心给司机的待遇一向不错。”柳旭敲了敲海报上面关于薪资区间的部分。

“行，我回去琢磨琢磨吧。”林童胡乱点点头，举起杯来和柳旭手中的酒杯撞了一下说，“柳医生，那天谢谢你了，虽然人没救回来，但我看出来了，你挺尽力。”

“不尽力在急救中心干不了，干不了。”柳旭叹息一声说。

“咋，你们当大夫的，心里也有事儿？”林童看出来了他欲言又止的样子，跟自己有苦说不出差不多。

“下了班和你们一样，挨打也疼，喝多也吐。”柳旭苦笑说。

柳旭确实心中有事儿，事关他未来的职业规划。柳旭的女朋友汪姿阳现在省第一医院实习，留在省城几乎已成定局了，双方家长都急着想让他们成婚，两个人却因为未来婚后的多重选择僵住了。

省急救中心也缺人，老早就向柳旭抛过橄榄枝，而且许以承诺，他过去后，半年内解决副主任医师的职称问题。原本柳旭是宁可和女朋友僵持，也不愿意主动离开鲁一帆这样能给他创造很大学习空间的良师，可是近期风头不一样了，华丰市急救中心都在私下议论着一个小道消息：今年的副主任医师报批名额里没有柳旭，他被鲁医生给拿掉了。

这消息有鼻子有眼儿的，谁都知道整个中心最该提上去的就是柳旭，大家当然会对他有看法了，变了味儿的传言多了去了。有说柳医生乱搞男女关系被鲁医生训诫了，有说柳医生收了病人红包被鲁医生发现了，总之都是奔着他人品来的，音量虽小，影响极大。鲁一帆是领导层，有隔音效果，他柳旭可是要天天和大家一起挤休息室，等电话往路上跑哇。

所以提不提拔也不是关键，关键是流言蜚语太多，难免不堪其扰，另外还有一股力量在拉扯着他往省城拽。柳旭这些事不可说也不能说，他觉得自己和林童反正也是各怀心事的泛泛之交，一块儿喝顿闷酒起码能放松放松。至于抉择和发展，两个人都没法儿在此情此景的此时此地下定决心。

九

林童第二天酒醒后喝了一碗爷爷熬的粥，林卫国正戴着老花镜，坐在客厅沙发里看着他昨晚拿回来的招聘海报。

“咋，你想换工作？”林卫国还不知道孙子早已经从机场巴士公司辞职这个事儿呢。

“朋友推荐，随便看看。”林童若无其事地说。

“急救中心，那里可是能累死人的，忙得脚打后脑勺，哪有空处对象？”林卫国摇摇头说。

“八字没一撇呢，你这儿操的哪门子心哪？”

“我能不操心吗？你光帮着别人照顾老婆孩子了，我抱重孙子的事儿连八字的影子都没见着呢。”林卫国想了想，走到了林童身后，语重心长地说：“你师傅眼看就要出来了，你和若曦她妈岁数也相差不多，本来就有点儿瓜田李下，他对你虽然不会犯猜忌，可难保别人不和他说三道四呀，那个驴玩意儿头脑简单，万一……”

“哎呀，你不懂就别掺和我的事儿，这都哪儿跟哪儿啊？”孔宪哲死得不体面，所以林童也在瞒着爷爷这件事，现在听他提到这些，又堵了一肚子气，“我现在已经不小了，愿意去哪儿工作，愿意跟谁好，那都是我自己的事儿。你要是吃完了饭没事儿，就去小区逛逛，看哪个跳舞的老太太顺眼跟人家套套近乎，不该管的事儿少管。”

“我是你爷爷，我能不管你吗？”林卫国扬起巴掌，狠狠地拍在了林童的后脊梁上。

“我懒得理你。”林童套上衣服就往外走。

“这才六点半，你这么早出去干吗？”

“上班。”林童在楼道里扔回一句话，人就随着咚咚咚的脚步声不见了。

林童在网吧里待到了下午，才缓过来宿醉的感觉，他不得不承认，柳旭比他能喝，他能喝四瓶啤酒，柳旭能喝八瓶啤酒，后来补上的还把他给喝多了。他们聊得东西倒是挺散的，既没说医护也没说开车，唠唠游戏，唠唠新闻，林童读书少，但凡话题深入，都只有听的份儿。

柳旭说自己这样喝酒闲聊还挺舒坦的，可一到人多的场合就抓瞎，满脑子是货倒不出来，只要不是那种忘我的工作状态，十双眼睛盯着他，他就发毛了。

林童觉得柳旭这人还挺有意思的，他想去急救中心看看，倒没有决定加不加入，先看看总没毛病吧。

到了急救中心的保安亭，林童说他是来找柳旭应聘的，保安就给他指了一下后院，医护休息室和本部停车场都走后门，绕过去一进院，就看见一个五十岁上下的人正在擦一辆十分霸气显眼的救护车，这种救护车他从未在路面上见过，所以凑近看了几眼。

“帅吧？”老白有林童资料，认出了他，知道他这是来探路应聘的。

“嗯。”林童绕了车身半圈，“帅。”

“那是，下了血本了。”老白得意扬扬地说。

“这车是高人改的呀，马力大，轴距长，独立悬挂，换的都是大牌儿货。”林童在后面蹲下来看看排气筒，又比画了一下车身下方说，“抓地也狠，最主要各方面都平衡到了。”

“嘿，来，上车听听动静。”老白像个跟小朋友炫耀糖果的孩子，坐到驾驶位上，拧开了车钥匙，一号车随着发动机的嗡嗡作响，就这样被唤醒了。

“这是德国发动机。”林童在上车前还特意把脑袋歪向发动机，侧耳听了一下。

“给辆跑车都不换。”老白一脚一脚踩着油门，双手比画着说。

“于护士快上车，老白你别玩了，马上去市北立交桥，那边出事儿了。”鲁一帆跑过来，身后跟着一个圆脸护士和一个黑脸壮汉，“大军，怎么就你一个人呢？小伟呢？”

“小伟不干了，你去上海那会儿就不干了。”壮汉大军上车坐到了车后喘着说。

“林童，你来啦。”鲁一帆也上了车，把车门关上才看到副驾驶上坐着的林童，点头算是打了个招呼。

“你不是那天那个……”林童看见鲁一帆想起了那天他开车

拉着患病老人去医院的事情了。

“老白，起车。”鲁一帆没空和他对“暗号”，关好门就指示老白开车。

“什么情况？”林童被这突如其来的紧张状态弄蒙了，转头看看隔离窗后面三个正在检查医疗器械的人问。

“公安局刑警队来电话说，有个歹徒劫持了一个幼儿园女老师，正往市北走，警方要在立交桥那边设卡，担心出状况，一号车跟进。”鲁一帆没停下手里的工作，对整车人解释。

“那会不会有危险哪？”林童小声问老白。

“怕了？怕，我就在前面把你放下，这车胆小的人不能上。”老白启动警报，华丰市急救中心一号车闪烁着蓝光，一路鸣响疾驰向市北立交桥。

“我没那么㞞。”林童虽然嘴硬，但在这种突发状况下，手脚还是冰凉，转头一看，圆脸护士正在戴口罩。

“警务急救分两种，一种是已发，一种是未发。已经发生事故的时候，哪辆车都可以上。未发生事故的预案，一号车得先顶上去防范。”老白从容换挡，在那一瞬间，他再不是之前那个慵懒的小老头儿，而是和车融为一体的驾驭者，“换身衣服，座椅下面的储物箱里有，事情紧急，先把上衣换了。”

就在急救中心一号车过红灯的时候，市北立交桥那边已经出事儿了。

被劫持的女教师慌乱之中跳车想逃，歹徒持刀下车去追，后面一辆大卡车刹车不及，把女教师给撞了。

刚刚停稳的刑警车上几个警察同时冲下来，对仍然向伤重的那位受害者方向移动的歹徒鸣枪喝止，附近的噪声极大，没人知道歹徒是否能听见警察的枪声和喊声。就在歹徒接近倒地的受害人时，两名刑警几乎同时果断击发，两枪全中，一枪打在歹徒肩部，一枪打在歹徒腹部。

一号车过来的时候，案发现场混乱不堪，多辆上下立交桥的车都堵在了路上，老白方向盘频频转动，也只能冲到距离案发现场，也就是两名伤者倒地约七十米的地方。

“下车，担架。”鲁一帆背着急救包率先打开车门跳了下去，于护士紧随其后。

“还愣着干什么？下去和大军抬担架。”老白冲林童吼了一声。

大军动作娴熟地解开了担架，身子一侧，让跟上来的林童在他后面抬起了另一面的两根把手。大军一路呐喊，随着鲁一帆就往里冲。

警方已经在周围形成了人力警戒，见急救中心的人来了，纷纷给他们避让，现场总指挥见鲁一帆带队过来，冲他挥了挥手，紧抿着嘴唇没有说话。在他不远处的地上躺着相距不远的两个伤者，女伤者长发蒙脸看不出年纪，男伤者应该就是被枪击的歹徒，头发花白，五十岁上下。

鲁一帆先是伏地观察了一下女教师，抬起头来对身边的于护士说："这个不行了，看那个。"

"这个还有气。"于护士过去摸着歹徒的脖子说。

"身中两枪，肩部穿透伤，腹部一枪击中了脏器。"鲁一帆简单检查了一下，冲着大军和林童一挥手："抬。"

"这是歹徒，他还能活吗？"警方的现场总指挥手上提着捡起来的歹徒所用刀具，小心翼翼地过来问鲁一帆。

"不清楚。"鲁一帆摇摇头。

两个人把受伤的歹徒从地上抬到担架上，又抬着担架穿过车缝，和鲁一帆一同上了车。林童刚想下去坐副驾驶，就被一名警察给顶了回来，救护车后门随即被大军关上，车子已经左扭右拐地开动了。

"挂血浆。"鲁一帆说完，协助拿出剪刀和针的于护士剪开伤者的衣服，对大军说："呼吸机，心电监护仪。"

"这是哪个脏器部位呀？"跟车的警察探头问。

"通知最近的和平医院准备手术室。"鲁一帆没理警察，手上一直在忙碌，侧脸对于护士交代。

"中心中心，和平医院准备手术室，伤者一名，身中两枪，十分钟内到。"于护士抓起通话器，说明情况后，捂住了自己脸上的口罩。

"呕吐桶。"鲁一帆看大军从小座椅下拿出呕吐桶往担架边放，瞪了他一眼，"伤者一点儿意识都没有，你给谁呀？给于护士。"

“哇——”大军刚把呕吐桶推到了于护士脚下，她就撕开口罩吐了出来。

“擦。”鲁一帆这次说的话大军听明白了，从器械箱找出医用湿巾，去轻轻擦拭伤者伤处外沿的血，这本应该是护士做的工作。

“你……没事儿吧？”林童关心地看了看刚刚呕吐完就又换了个口罩，去伤者身边忙碌的于护士问。

“闭嘴。”鲁一帆盯着心电监护仪，“推一针肾上腺素。”

“完毕。”于护士迅速推完针后简单回答。

“多长时间了？”鲁一帆这才像是松了口气，但仍然没有停止清创动作。

“一个多月，前天才知道。”于护士小声说。

车子稳稳地停在了和平医院主楼一侧的应急车位，后门刚打开，就有医院的担架床顶了过来。林童发现，就像上次他开机场大巴协助抢救那位王营长时一样，和平医院急救中心的医生和护士也做好了准备。

鲁一帆跟着担架床上的伤者下车，在于护士要往下跳时拦住了她，眼神坚定而又犀利。等他们进了主楼，刑警队的几辆车才贴到一号车旁，警察们也下车跟着鱼贯而入。

“咋了？”老白下车看到于护士在抹眼泪，一脸关切地问。

“不知道。”林童见没人说话，小声回了一句。

“不敢问。”大军耸耸肩。

“然后呢？”林童这会儿不知道干啥好了。

“等半个小时，如果鲁医生不出来，说明他主刀了，咱们就可以回中心了。”老白靠在车上说。

“白叔，我……怀孕了。”浑身血迹的于护士摘下口罩说。

“好事儿。”老白一怔，立刻明白了她要表达什么，“别多想，鲁医生不是那种秋后算账的人。”

“我是真没来得及说。”于护士接过大军递上来的纸巾说。

“当妈是个大事儿，你下车就近找个医院，让孙主任和鲁医生帮你协调一下关系，安排到不用跑的科室，丫头，你得好好歇一歇了。”老白笑呵呵地过去拍了拍于护士的肩膀。

“白叔，我……”于护士把头顶到老白身上欲言又止。

“叔明白，叔都明白，这活儿本来就不应该是女生干的，可咱中心也没进来过几个男护士呀，只能把你们这些丫头当男的使唤了，你这些年救了那么多人，可算是积了大德，肯定能生个健健康康的宝宝。”

“我去买瓶水。”林童不知道他们之间到底有多深厚的关系，见大军和老白都双眼通红，自己在这儿十分尴尬，只能找个理由先躲一躲。

“去吧，帮于护士买瓶酸奶，她爱喝酸奶。”老白挥了挥手。

林童去和平医院门口的小超市买水时，特意多停留了一小会儿，让他们私下能有个交流的时间，等他回来时，只见鲁一帆已经下楼了，坐在敞开的车后厢边，拉着于护士的手有说有笑，一脸温和，完全没了刚才急救时面目狰狞的样子，老白和大军都在他们身边。

“哟，买酸奶了？这小伙子还挺机灵的，对了，他的红包得双倍哈，今儿咱一号车双喜临门。”鲁一帆接过林童手里的塑料袋说。

“啥意思？”林童不太敢说话，看着老白的脸色小心翼翼地问。

“每个新人上车，第一趟任务如果成功救活了一个人，大家就会给他发个红包，讨个彩头，你小子够幸运，随车护士要生宝宝了，可不是双喜临门咋的，一会儿回中心，大家会给你发双倍红包。”老白说。

“我今天不是来应聘入职的，我都没想好呢。”林童连忙摆手说。

“急救中心出任务是以分秒算的，给你三分钟，现在就想，愿意不愿意跟我们干？帮老白打个下手，还能学一身急救本领。”鲁一帆拍了拍林童的肩膀。

“长江后浪推前浪，我这个前浪也快混到头了，五十五岁下车交岗，小白呀小白，不知道你以后会再跟谁一起出生入死？”老白敲着一号车车身叹息。

“小白？”林童怔住了。

“一号车咯，老白的孩子。”大军笑着说。

晚上，林童到了上铺，拉上帘子打开小灯，摸索出几个红包发起了呆。他不知道自己出于什么心态，当即就答应了鲁一帆，要去急救中心工作。白天发生过的一切好像梦一样，和他们一起在奔忙中救了一个人，感受到那是不一样的团队，自己好像就属于他们，根本没理由拒绝，何况还有红包拿。

正当他在纠结如何和最近被他瞒了不少事情的林卫国解释自己突然换工作时，手机上传来了一声微信提示，孔若曦幼儿园的班主任方老师发来一条消息，问他是否参加下周幼儿园为孩子们举行的毕业典礼。

林童想了想，他觉得自己这几年一直在接送孔若曦，关婷再想告别过去，如果不同意他参加毕业典礼，就难免会显得有些不近人情，可是现在没经过关婷同意，他又不好马上用肯定的语气答复方老师，只好含糊答道："不好意思方老师，这个可能要看情况。"

方老师的微信名字就是实名方糖，很快就有了回复："恕我冒昧问一句，若曦家里是不是出了什么事情了？她最近上课老是魂不守舍的。"

还没等林童想好怎么回复，方糖又发来一条："当然如果不方便，您可以不回答，只不过这可能会影响孩子以后的成长，我作为老师关心一下，希望别见怪。"

"确实出了一些事情，我作为外人也不好说，谢谢方老师的关心。"林童开始担心关婷是否告诉了孔若曦她爸爸已经死了的真相，孩子那么小，很多事情不理解，根本就接受不了。

“嗯，那好吧，希望还能见到你，早点儿休息，晚安。”对话的最后，方糖发来了一个用自己照片做成的表情包。

十

鲁一帆觉得自己永远都是那个救火队员鲁小跑，这边刚按下葫芦，那边的瓢就起来了。林童这个实习驾驶员兼担架员的岗位落实后，又要马不停蹄地寻找跟车护士了。

别看华丰市在册的护士多，但是适合来急救中心的护士少之又少。首先就是专业问题，随车的护士必须熟悉一切车上的药具，必要的时候还得自己动手组装或者制造工具。其次就是反应效率，伤情病情发生急转直下的变化在急救中心是常有的事情，注意力得非常集中，反应更要跟得上。最后一点比较苛刻，就是体能素质，医院固定岗位的护士体力最多用在久站上，得空还能歇一歇，急救中心的护士是要跑的，还得搬扛抬病患。正如老白说的，这就应该全是男人的活儿，可惜男护士凤毛麟角。

鲁一帆在各大医院跑了一圈，大饼画了一张又一张，可惜还没等见到护士，护士长们就直接把他给回绝了。本来换岗是好事，如果适合对方，大家还能做闺密或者朋友，要是去了急救中心，天天吐槽和诉苦就得把她们给连累上。谁不知道那里压力大，累得慌，一来事儿忙得人仰马翻？

灰头土脸回到急救中心的鲁一帆感觉很没面子，想把自己关在屋子里先冷静一下，可是主管人事的刘处长却连门都没敲就闯了进来。

“咋了老刘？”鲁一帆以为又出现人员空缺了呢，忽地站了起来。

“你这跑了一天，今天有个小护士，到急救中心来找你，你不在就找我去了，说想换岗来咱这儿。”刘处长把手上攥的简历交给了鲁一帆，“可有日子没见过自投罗网的啦，上次还是柳旭吧？”

“这怎么能说是自投罗网呢？”鲁一帆接过简历还没等看呢就笑了，“这叫登堂入室。”

“拉倒吧，除了各大医院指派过来的，咱这儿个顶个都是你连哄带骗弄过来的。”刘处长耸耸肩，“还想搞什么全民急救普及呢，先把正规军岗位都填满吧。”

“中子裂变你听说过没？唉，算了，说了你也不懂，反正以后肯定会有那么一天，你要倒在街上面临猝死风险，会有普通路人把你抢救过来的。”

“呸呸呸，领导归领导，你要再这样咒我，小心我打你小报告。”刘处长假装生气地说。

“我打你。”鲁一帆扬了扬手上的简历，把他赶了出去。

鲁一帆认真把简历看了一遍，发现这孩子太适合急救中心了，立刻给她打电话约了面试时间。周末市里农博会办开幕式，主会场在文化公园，一号车要到现场担任临时医疗戒备指挥部，这是个能试战的好机会。

电话那端名叫范恬的姑娘声音清脆，对鲁一帆发出的面试邀约显得相当期待，并保证会做好准备，届时跟车出发。

鲁一帆挂上电话后，兴奋地搓了搓手，这一天四处被拒绝的阴霾一扫而空，只要团队结构稳定下来，一号车就是不可战胜的。借着这股子兴奋劲儿，他给杨冰发去了视频通话请求，杨冰接通后，那边是一张许久未见、苍白憔悴的脸。

“怎么了？是不是哪儿不舒服？”一看老婆这样，鲁一帆立刻从放松变得紧张了起来。

“没有，写了俩通宵了，写得我快抑郁了。”杨冰揪着头发说。

“我早说过，你好好的工作不干，非要写什么小说，何苦呢？”鲁一帆心疼地叹息道。

“鲁一帆你要么就支持我，要么就别说话，少用这种不痛不痒苦口婆心的腔调气我。”杨冰气急败坏地把视频挂断了。

“我这不是关心你嘛。”鲁一帆给杨冰发去了一条语音。

“那你只需要安慰一下我就好了。早说过早说过早说过。何苦呢何苦呢何苦呢？这种话比多喝热水还恶劣。”杨冰也发来一条语音。

“好吧，我想你了，你赶快回家吧，回家写，我给你放饭铲屎。”鲁一帆开了一个他们夫妻之间才懂的玩笑。

“最后关头，唉，我也是太敏感了，最后关头过了就好了。你再乖乖等几天哈，我必须把这个写完才能消停了，要不然回家也是闹腾你。”杨冰语气软化了很多。

“好吧，我能怎么办？支持。”

虽然响着警报，但是一号车跑得并不快，平稳地行驶在周末缓缓的车流中。

林童坐在副驾驶上，看着惬意的老白如同摸孩子一样摸着方向盘，背部完全靠在椅子上，表情像个周末带着一家人开车去春游的大家长。

一号车真正的领导背对背坐在老白身后，拿着纸笔展开了移动面试，一个护士帽下面露出半截梨花头的姑娘坐在鲁一帆左手边，她有着一张没涂任何化妆品仍显得精神气十足的俏脸，此刻正咬着下唇，紧张地不敢从面试官身上移开眼神。

“范恬，你在心脏外科手术室干了两年，为什么干得好好的要申请加入急救中心呢？”

“想换个环境。”范恬说。

“这儿的环境可和心外不一样，我们需要跑的，一出任务和上战场没有区别。”鲁一帆用笔敲了敲她的简历说。

“知道。”范恬低下头，盯着自己并拢的双腿说。

“你这上面写说你百米跑成绩是十三秒二七，这是什么时候的事情了？”鲁一帆发现自己看不到她的表情了。

“一年前，朝阳医院开秋季运动会的时候。”

“生理期通常会持续多久？痛经反应严重吗？”鲁一帆问了一个必要却显得有些冒犯的问题。

“四天，很稳定，反应不大。”范恬仍然低着头，回复得非常自然。

“近视吗？戴隐形眼镜？”

“不近视。”这次范恬抬头了，还特意冲鲁一帆那边眨了眨眼，表示自己说的是实话。

接下来的路上，鲁一帆就不再问了，和老白背靠背闭目养神，但他的心里已经基本有了谱儿，这个范恬的资料和面试表现都是令他满意的，话不多，问啥答啥，虽然有些紧张，却并未忸怩作态。

一号车停在了文化公园的正南门，鲁一帆在车停稳后，通过车上最新安装的5G网络设备连线其他三个门的急救中心车辆，确认他们都已经准时到位。

今天急救中心派出五辆负责担任农博会医疗戒备的救护车，一号车和另一辆120调度用车坐镇正南门，其他东西北三个门各放置了一辆120调度用车。

公园里的人渐渐多了起来，可老白和鲁一帆却都显得很放松，这种任务对于他们来说是最轻松的工作，一年十几次，过往十几年也没出现过事故。从另一个角度想，但凡是已经申请到急救中心过来进行医疗戒备的活动，组织都相当有力而且缜密，除非有极特殊的情况发生，组织者怎么会允许出现纰漏和意外呢？

120急救中心的两辆车都开着所有门，大军和另外那辆救护车上的担架员躲到树下抽烟，林童到隔壁车上看内饰，研究着一号车比它那些同门兄弟到底强了多少。

范恬开始检查车内消耗设备，虽然没人教过她这些工作，但她却把每一样物品都按照车内贴的清单数据对了一遍。假寐的鲁一帆通过微眯的眼睛，偷偷观察着她做这一切。

“120指挥中心呼叫，同庆路盘龙小区六号楼有一男童高空坠楼，目前生命垂危，附近车辆请与指挥中心联系。重复，120指挥中心呼叫，同庆路盘龙小区六号楼有一男童高空坠楼，目前生命垂危，附近车辆请与指挥中心联系……”

林童正坐在另一辆车里感受急救中心其他车辆与一号车的不同，车载电台突然就响了起来，吓得他一脸惊恐。

“120指挥中心呼叫，GPS信息显示，同庆路盘龙小区六号楼附近三公里内有五辆救护车，请你们尽快与指挥中心联系……”

“同庆路，那边不就离文化公园东门不远吗？”林童问司机。

“咱们有任务，可以不回复，领导自有安排。”司机说。

“领导？”林童想想就下了车，跑到一号车屁股后面问鲁一帆，“领导，盘龙小区六号楼出事了，有个孩子从楼上掉下来了。”

“九号车九号车，你们马上移动到盘龙小区六号楼，一号车到你那里补位。”鲁一帆说完一挥手，大军和林童立刻上车就位，老白一脚油门踩下去，车就顺着文化公园外沿路线驶向东门。

不知道发生了什么的范恬看着指挥若定的鲁一帆，抱紧了刚才还在清理的清创器械盒，尽量在突然急变的车速中保持身体平衡。

不到三分钟，一号车停在了东门，可林童一看，九号车还在东门口停着，车子是熄了火的。

“柳旭，你们怎么不动呢？”鲁一帆下车冲过去就急了。

“老奉……上厕所去了。”柳旭脸色通红说。

“换车。”鲁一帆拍拍一号车，老白立刻跳下来蹿上了九号车。

在鲁一帆简单的命令下，原本一号车的人迅速都上了九号车。

“柳旭，你临时接管医疗戒备指挥部，听内场电台指示做，回复指挥中心九号车出任务。”鲁一帆说完一挥手，大军就关上了车门。

“能行吗？”林童紧张地小声问老白。

“听鲁医生的，他是老大。”老白借着警报声音的掩饰小声回答他。

风驰电掣的九号车穿过两个路口就到了盘龙小区，进入内部道路后，老白就往人群聚集的地方开，一路狂按喇叭，到了六号楼下，果然有一个七八岁的小男孩躺在一楼住户窗前的小花园里，身子在痛苦地微弱扭动，嘴角全是血沫子，孩子旁边跪着一个手足无措的女人号啕大哭。

“不要哭，几楼摔下来的？”鲁一帆扑过去手测了一下孩子体征，又抬头看了看这幢七层建筑问身边的女人。

“五……五楼。”哭泣的女人趴在地上说。

“大军，抱上车，注意不要震荡。林童，准备夹板颈托固定孩子。范护士，看这车有没有胸腔减压穿刺针。”鲁一帆看着他话音未落就被大军几乎平平端起的孩子，做出了判断。

“没有找到，设备区和一号车不一样。”范恬打开几个设备箱说。

“挂血袋，麻醉剂，手术刀。”鲁一帆一指标着手术器械标识的器械架说。

几个人都在他的指挥下无声地开始忙碌，他们刚一关好车门，老白就驾车冲向盘龙小区大门口，往之前因农博会活动已经协调好了的民营医院驶去。

车子到了民营医院的时候，老白并没有急着开车门做交接，后边的鲁一帆正在车内给损伤性气血胸的孩子做开胸手术，只有把这个手术先处理完，才能移动到医院楼上的手术室继续进行第二轮急救。

这车上唯一没有真正见过开胸手术的人就是林童，他眼睁睁看着鲁一帆在孩子身上一通操作，之前开胸的时候，血几乎是喷溅出来的，极大地刺激到了林童。

旁边配合协助鲁一帆的新护士范恬有条不紊，将整个急救节奏把握得很稳，直到鲁一帆示意开门下车，由他带队将孩子转移到楼上。

鲁一帆和范恬都进了手术室，孩子的几名家属刚赶到，和停好车的老白一起上了楼。在一阵哭号声中，老白拉走傻盯着手术室门的林童，把他领到了墙角。

“吓人吧？”老白笑着看林童。

“就……没见过。”林童心有余悸地摇摇头。

“赶上外伤了，断手断脚剥皮抽筋都是常有的事儿，别想那么多。”

“我尽量。”林童这才发现自己也浑身是血，苦笑着说。

“你可以的，至少没吓得打哆嗦尿裤子。”老白当胸捶了林童一拳。

“咱不是一号车吗？这咋成九号车了呢？”林童刚刚在车上就觉得九号车和一号车差太多了，空间不够，他还得帮着范恬现找急救器械和药物。

“真正的一号车是人，不是车，鲁医生才是一号车。”老白拍了拍一脸错愕的林童的肩膀说。

十一

孩子接受抢救太晚，而且胸腔多个脏器以及脑部都受到了损伤，虽然命保住了，但是否存在后遗症影响未来发育，鲁一帆不敢乐观，他和民营医院的院长一起给家属做了好与坏两方面的解释，不幸中的万幸就是孩子还活着。

回到急救中心时，在农博会开幕式上担任医疗戒备的其他四辆车也已经回来了，奉天成把一号车的钥匙交给老白，老白板着脸没说话。

“交钱交钱，齐红包了，不要一个个愁眉苦脸的，孩子能救回来就是好事儿，咱这算是沾了范恬的光了，小丫头第一次出任务就成了。”鲁一帆看几个人坐在换回来的车里沉默不语，从楼上下来拍打着车门说。

“兄弟，这已经算好的了，回家洗澡睡觉把这事儿忘了。”大军接过林童递上去的一百块钱，拍了拍他肩膀说。

“我这算……面试过了吗？”范恬忐忑地问鲁一帆。

“能力可以，运气不错，这次我也别一言堂了，都是一辆车上战斗过的，范恬小朋友的去留咱投票决定，通过的举手。”鲁一帆看了看三个或坐或站的男人问。

“钱都花了，还不得交个人儿啊？”大军明白领导想活跃气氛的意图，赶紧举手。

“我？好哇。”林童见鲁一帆盯着他，也举起了手。

“老白，不管你举不举手，都已经二比一了，我不参与，这事儿就定了哈。”鲁一帆把手中收齐了钱的红包郑重地交到范恬手上：“欢迎加入一号车团队。”

“老奉的事情怎么处理？”闷闷不乐的老白这才开口问。

“该怎么处理就怎么处理吧，你们司机班的事儿。我还得去找孙主任领罚呢，擅自离开指挥岗位，开别的车接任务。”鲁一帆用肩膀撞了一下林童，“这叫接私活儿你知道吗？”

“那也不应该罚你呀，不是九号车掉链子了吗？”林童怔住了。

“我是负责医疗戒备的总指挥，打仗的时候，将军跑了，把指挥权下放，这事儿说不过去。”

“咱在文化公园都闲出屁来了，能见死不救吗？”林童还是没琢磨过来这里面的事儿。

“这是农博会没出事儿啊，万一出事儿了，黑锅得像天那么大。”鲁一帆摆摆手，“别磨叽了，我的事儿我处理。”

话是这么说，可鲁一帆回来后，其实心里非常不好受，假如九号车多抢三五分钟，以柳旭的技术，孩子的伤情肯定会处理得更好，自己当时见奉天成掉链子，一冲动就直接换车，把正在执行任务的团队扔在那里，这件事情做得确实欠考虑。

即使事后看，当时怎么做都非最佳选择，现在这个结果已经算是不错了，鲁一帆只能让自己接受，并且说服一号车团队的人接受。

写完报告的时候，天色已经黑了，他关上电脑走出楼门后，才发现林童正在停车场的灯下给一号车做消毒防护保养，鲁一帆悄悄走过去拍了拍他，把林童吓一跳。

“这么勤劳表现，着急转正啦？”鲁一帆笑着说。

“今天我保卫班，别的车都不让我动，就伺候伺候车呗。”林童乐了。

“这才是纯走形式呢。”鲁一帆叹息了一声，“搞什么保卫岗嘛，谁会进急救中心车管处偷东西？咱这儿的东西，谁敢用？谁会用啊？”

“鲁医生，我周三想请一下午假，老白说让问问你，能批吗？”林童犹豫再三，小心翼翼地问鲁一帆。

“你在这儿干了才几天就想请假，相亲去呀？”鲁一帆乐了。

“不是，我亲戚家的一个小孩毕业典礼，答应她去了。”林童其实并没有答应，他甚至没和关婷再联系，但他真的是很想孔若曦，毕竟孩子也是他看着长大的。

“行，半天是吧？可以。”鲁一帆通过杨冰知道林童很疼孔宪哲的女儿，可以说是对她视如己出，这次请假一定是和那孩子有关。

“谢啦，鲁医生！”林童一激动，弯腰给鲁一帆鞠了一躬。

“哎呀哎呀你行了，谁家没个特殊情况呢，放心，当天找老白和我签个字就OK。”鲁一帆拍拍林童的胳膊示意他放松。

急救中心门口都是专用道路，有很多违停标识，鲁一帆得到另一条大路上去打车，他刚刚拐过去，就见前面路灯下围拢了几个人，中间居然传来了范恬的声音：“你就算不给我换，也不能把我车就这么放这儿啊，影响交通知道吗？”

“不给钱就没法儿换，要不你叫拖车吧。”一个小伙子脚上踩着个轮胎嬉皮笑脸地说。

“说好了五百块钱，你到这儿卸完了就涨价，胎给我一扔不管了，明显就是敲诈呀。”

“小姑娘你少来这套，我没答应你五百，谁答应你五百你找谁去，我只知道来了就八百，现在我要回去，还得倒搭二十多块钱油费呢。”

“你回去吧。”鲁一帆听出个大概后，过去站到了范恬身前，直视那个换轮胎的小伙子说。

“鲁医生，我……”范恬还想解释。

“不用说了，我听见了，家门口出事儿，你用不着找外人。”鲁一帆指着小伙子脚下的轮胎：“你的你带走，我们的自己处理。”

“你啥意思？”小伙子掂了掂手中的扳手说。

“我们俩都在急救中心上班，看见没？”鲁一帆冲单位的方向扬了扬下巴，“咱这儿24小时有人待命，你要想找麻烦，三分钟内把你抬上救护车。”

“误会啦，五百就五百呗，给哥哥你一个面子。”小伙子一看鲁一帆的状态和近在咫尺的急救中心，知道那里是个特殊单位，连忙满脸堆笑说。

“用不着，一百我们都不换你的了，做生意这么搞是欺负人。”鲁一帆掏出电话对那端的林童说，“林童你把车库的小拖车开到门口的巧稚路上来……对，拐出来就看见我了。”

换轮胎的小伙子刚把车胎搬上自己车，林童就开出了一辆简易拖车，在鲁一帆的协助下，把范恬的车拖回了急救中心隔壁的员工车位，鲁一帆又发了个消息让老白明天带个这款车型的备胎来换。

跟在后面的范恬掏出自己今天刚收到的红包想给林童，被鲁一帆拦住了：“都是一家人，顺手的事儿，用不着整这个，再说，就这点儿钱，他给你你给他的，不够你俩折腾的了。”

“那我请二位吃个饭吧。”范恬红着脸说。

“我得值保卫班。”蹲在地上重新安装爆掉的那个旧轮胎的林童说。

“这个可以有，你嫂子回娘家闭关写小说，我天天叫外卖，吃你一顿可以的。”鲁一帆拍拍林童肩膀：“跟保安说一下，咱就在对门儿老李串吧，二楼靠窗能看见咱单位整个大院儿，家当肯定丢不了。”

“好，我这就过去先把位置占了。”范恬点点头转身就去了对面的烤串店。

林童搞不清楚鲁一帆做事情的松紧尺度，一遇上事儿的时候特别利落急切，没事儿的时候又刻意放松慵懒，可他是中心领导，自己只能听之由之，处理完了轮胎洗了洗手后，跟着鲁一帆就到了老李串吧。

“多要点儿串儿，小伙子得多吃。”鲁一帆告诉看菜单的范恬，“你俩都是新人，是咱一号车的后起之秀，不能饿着。”

“好。”

“你咋不说话呢？”鲁一帆问一直沉默的林童。

“说啥？”林童一脸茫然。

“帮人家姑娘想想吃啥呗，得活跃起来呀。”鲁一帆挤眉弄眼地说。

“吃啥？”林童问范恬。

“点了。”范恬放下点菜笔，把菜单递给服务员说。

“其实今天你们表现都非常好，我刚刚写报告的时候还在想，要是咱中心都是像你们一样的反应状态，又能多救不少人。”

“今天……挺吓人。”林童说。

“普通司机是绝不会看到那种场面的，急救工作就是这样，见血，死人，这都是常事儿。”

“前一段时间，咱们救那个被警察枪击的伤者，没见血吗？”范恬问。

“没有，血流得很少，车上没开刀。”林童想了想说。

“他的血都在腹腔呢，弹孔面积小，没涌出来。”鲁一帆看了看范恬，“你连那次任务都知道？”

“劫持人质，警察开枪，急救中心一号车出动，这事儿影响还挺大的。”范恬想了想说，“多少听说过一些。”

“鲁医生，那个伤者现在咋样了？”林童很是关心自己参与急救的第一个伤者。

“还在和平医院住院呢，得等他出院才能审判。唉，那个家伙，严格意义上来说，并非穷凶极恶的罪犯，他的案子我问过了，车祸身亡的幼儿园老师是他的情人，两个人同居多年，女方花光了男方的积蓄想要分手，男方本意是想把她带走吓唬她一下，结果幼儿园报了警，警方介入后，两个人都慌了手脚，悲剧才发生了。”

“我能去看看他不？这不犯法吧？”林童小心翼翼地问。

“得经过警方同意才能探视，不交流的话，过去看一眼问题不大。”鲁一帆想想说。

“你还挺有心。”范恬深深看了林童一眼说。

“他叫啥呀？”林童没理范恬，光盯着鲁一帆问。

“好像叫田洪涛，这样吧，你要想看一下自己亲手抢回来那条命的人，我去和刑警队打声招呼，让你近距离瞅一眼。”鲁一帆说，“希望他能勉励你以后更加积极地参与急救。”

“需要护士陪同我可以跟你一起去。”范恬说。

“胡闹，你们不能像去动物园看猴子一样去打扰人家治疗，毕竟是跟一号车的，注意点儿分寸，别给我丢人。”鲁一帆假装生气地嗔怪道。

十二

林童给关婷发了一条长长的微信，大致内容就是关心一下母女二人现在的生活情况，有没有什么需要他帮忙的。在消息的最后，林童跟关婷说自己很希望能去参加孔若曦的幼儿园毕业典礼，可谁知系统显示信息被拒收，关婷把他的微信给拉黑了。

林童马上拨打了关婷的电话号码，那边回铃提示响了两声就被挂断了，这让他气急败坏，甩手就把手机摔在了沙发上，把正坐在沙发上开着电视打盹儿的林卫国吓了一跳。自从知道孔宪哲已死，林童又瞒着他把工作单位换了后，老头儿生了几天气，该做饭做饭，该留门留门，就是不搭理林童。

“疯啦？”林卫国瞪了孙子一眼。

“烦了。”林童懊丧地说。

“那你咋不扔地上呢？”

“我新买的，我傻呀扔地上？”林童把手机拿起来擦擦屏幕说。

“你还能买新手机，说明还是有钱哪，工资现在你也不敢跟我交底，那下个月多给家里交五百块吧，我给你存着。”林卫国冷冷一笑。

“你这老头儿咋跟周扒皮似的？我这么大的人了，兜里不得有点儿钱啊？没钱你哪儿来孙媳妇？”

“拉倒吧，一天我都抓不着你人影，还有空儿给我找孙媳妇？再说，谁能看上你？”林卫国说完，自己就起身进了卧室。

方糖知道林童是孔若曦爸爸的徒弟，也是个大客车司机，可能和孩子们待得太久了，方糖觉得林童的眼睛里有一种孩子才有的清澈。每次见到他的时候，都觉得特别舒服轻松，这人既不会刻意地客套，也不会显得粗鲁没有礼貌，和她之前接触过的所有人都完全不同，所以对他多了一层对其他家长不会有的好感。

虽然不知道孔若曦家中出了什么事情，但方糖感觉林童好像正在退出孔若曦的生活，出于对林童的好感和对孩子的关心，方糖真的不愿意看到像林童这样真心疼爱孔若曦的叔叔，在孩子即将迈向下一程人生时，不能到场给这阶段画上一个完美的句号。

近来孔若曦都是由外婆接送，关老太太耳朵多少有些背，方糖跟她有意无意打听了几句林童的事情，老太太听不清楚也说不清楚，正因如此，她上次才主动给林童发了消息。

周末的时候，方糖在家长微信群里特意申明，每家都可以来一到三个大人，共同陪伴小朋友告别幼儿园这一程美好童年。在其他家长纷纷表示响应并且报备人数的时候，孔若曦妈妈只发了两个字："收到。"

典礼下午才开始，中午，一些家长就已经到了，在休息室和走廊里歇着闲聊，方糖过去看了好几回，都没看到孔若曦家里来人，就私下里又给关婷发了一条消息，没想到关婷好久才回复，说自己刚刚到总站，马上赶过来。原来她居然记错了日子，还以为毕业典礼是周四呢，所以安排了周三最后一天上47

路，接着休息几天，下周再换到101路上。

正当方糖拿着手机都不知道该如何回复关婷才好时，林童居然迤迤然走进了休息室，冲她微笑着点了点头，坐到了家长的最后一排。

孔若曦明显没想到妈妈会忘了她毕业典礼的事情，早上她起床时虽然妈妈早已经上班走了，但是外婆给她准备的就是那身要在毕业典礼时穿的新衣服。但她更没想到的是，会在毕业典礼上见到林叔叔，以至于兴奋地扑过去就抱住了林童的脖子。

“妈妈说你换工作会很忙，你怎么还有时间来参加我毕业典礼呀？”孔若曦笑嘻嘻地问。

“再忙我们若曦的毕业典礼也不能错过呀，要不然你不得恨我呀？”林童知道，关婷给女儿编了个谎话，自己换工作这事儿，他根本就没机会和关婷说。

“你换什么工作了？”

“我呀，换了个开救护车的工作，就是那种你在街上听到它响起警报一定要让路的救护车。”林童把孔若曦搂在怀里，学着救护车的警报声：“唔——哇——唔——哇。”

“那还确实挺忙的，不过救人应该很有成就感吧？”方糖已经把林童来了的消息告诉了关婷，对方一直没有回信，她听到林童说自己去开救护车了，过来问了一句。

“救人的是医生和护士，我们开车的就是协助做些搬搬扛扛的工作，我还在试用期，正边干边学一些急救常识呢。”林童不敢过度吹嘘自己，其实他能在急救中心参与救人，特别是经过了两次生死时速的事情过后，自我感觉还是蛮骄傲的，毕竟他也算是现场见过开膛手术而且临危不乱的人了。

“那也很厉害了，我每次开车上路，看到救护车跟冲锋陷阵一样在街上跑，感觉车上都是战士。”方糖脸色绯红说。

“林叔叔没有女朋友哦。”一直赖在林童怀里的孔若曦突然坏笑着冒出这么一句话来，把两个大人都搞得手足无措。

“别胡说八道。”林童象征性地拍了一下孔若曦。

“你有吗？”孔若曦咯咯笑着问。

“若曦好像有日子没这么开心了。”方糖为了掩饰尴尬，揉了揉孔若曦的头。

“妈妈有白头发，还哭了好几次，我想快点儿长大，不用人接送，还能照顾她。”听到方老师这样说，孔若曦那张孩子脸，瞬间由喜转悲。

“若曦真懂事，就像你说的，反正我也没有女朋友，以后有空会多陪你玩玩，让你妈妈多歇一歇。”林童嘴上虽然说着笑话，心里却像被针扎了一下那么疼，说不清楚这感觉是因为关婷还是因为若曦，这对母女，妈妈坚强得让人心疼，女儿懂事得让人心疼。

“你要是想和老师继续做朋友的话，老师也可以陪你玩的呀，帮你妈妈减轻一些负担，还能多教你学点儿东西。”方糖捏了捏孔若曦的小手说。

“妈妈说要自强自立。”孔若曦把头靠在林童肩膀上说，“可是我好累呀。”

“自强自立是给大人提出的要求，若曦不需要完全做到。你只要多关心一下妈妈，对她说几句好话，再有烦恼的时候和林叔叔方老师撒撒娇就好了。”方糖哄着若曦说。

“谢谢你，方老师。”林童第一次和方糖四目相对，他居然在对方的眼睛里看出了一丝不合时宜的得意。

关婷穿着公交售票员制服赶过来的时候，毕业典礼已经正式开始有一会儿了。此时的孔若曦，在台上正和几个小朋友一起心无旁骛地表演着民族舞，林童见她来了，向关婷挥挥手，她连忙低头坐到了最后一排林童的身边。

“谢谢。”关婷仰望着台上的孔若曦似乎漫不经心地说。

“婷姐，我觉得你冷静冷静没毛病，可这样对若曦有点儿不公平，孩子懂什么呀？”林童这会儿真有点儿生气了，关婷居然成了连女儿毕业典礼都不上心的妈妈，这让他难以平静。

“来的时候我想了一路，自己确实有点儿太较劲，有点儿执拗，这和你没有关系，要说姓孔的留了些好的念想给我们娘儿俩，那也就是你了。”关婷转头认真地看着他说，“婷姐在这儿给你赔个不是，对不起了。”

“没这个必要吧？反正啥事儿不能钻牛角尖吧，我们班长昨天教了我一句话，只要能喘气儿，啥都不是事儿。不管啥沟啥坎，咧咧嘴也就过去了。”见关婷这样诚恳地认错，林童自己反倒有些不好意思了。

“你哪儿来的班长？”关婷对林童的情况了如指掌，突然听他提到这么个人，不免有些疑惑。

“我找了份新工作，在急救中心，现在是副驾驶兼着担架员，领主力驾驶员的工资，班长和我一个车，对我挺好。”林童简明扼要地跟关婷说了一下自己目前的情况。

“哦，那怪好的。”关婷想了想，无可无不可地胡乱点了点头。

在台上演完节目谢幕时看到了妈妈的孔若曦连去后台卸妆都没来得及，就直扑下来，跑到最后一排，给了关婷一个大大的拥抱。

“就知道妈妈会来，你和林叔叔和好了？”孔若曦笑嘻嘻地问。

“我们本来也没矛盾哪，我是他师娘，他还敢真跟我生气咋的？”关婷看到周围一些家长投来异样的目光，连忙像解释给女儿听一样说给其他人听。

“林叔叔只是工作忙，等你妈休班我又不出任务的时候，让她带你去急救中心找我。”林童没听出来关婷话里话外的意思，捏了捏孔若曦的脸说，“我们单位只要不出任务，就是训练和等待，跟当兵差不多，可以出去，只是活动半径不能超出单位三百米，铃响一分钟内归队。”

“这才干几天哪？规定记得还挺扎实。”关婷擦着若曦的红脸蛋说。

“没办法，人命关天。”

十三

车辆管理处的人谁也没想到老白会突然在月度例会上发飙，车辆维护修理班班长刚发完言，司机班副班长奉天成就站起来了，想像以前的会议流程一样讲几句话，给领导汇报一下工作，顺便表一表决心，可他这话还没张嘴呢，就被老白拦下来了。

“老奉你别讲了，上周因为你的一泡屎，差点儿让个孩子送了一条命。”老白耷拉着眼皮说。

“白班长，我当时肚子不舒服，事后也写过检讨交给柳旭医生了。”奉天成看了看秦处长的脸色，嘟囔着解释了一句。

“那是车上的检讨，班里没一个司机像这么掉过链子，在兄弟们面前我不好说什么，你也是挺大岁数的人了，今天当着咱自己的领导们，你做个现场检讨吧。”老白不依不饶。

“老白，你啥意思？”看秦处长一副静观其变的样子，老白的话又说得这么冲，奉天成火气也上来了，直接就和老白顶上了，“你开一号车坐镇中军帐，舒坦惯了，我们这些轮机动岗的哪个不是累得跟狗一样？一开工就十二个小时，黑白不分，屁股上坐起茧子了，你当班长的非但不体谅，还这么不近人情，谁还没个跑肚蹿稀的时候？”

“我挑的是你身体的毛病吗？我挑的是你擅离职守的毛病。当时咱出的是活动戒备，不是你一辆车在，周围五辆车都在，你上厕所就不能先跟指挥部打个招呼吗？指令下去，人不在岗。早知道你出状况，我们完全可以协调另外的车及时往那儿赶。”老白拍案而起。

“老奉，这是你的不对，咱们急救中心有条令，你得按条令来。”秦伟亮一看奉天成准备硬杠，立刻看出了矛盾的关键，老白是有据可依、有法可循的，而奉天成搬出来的人情世故，在老白这儿根本不能成为狡辩借口。

“条令？那我该检讨检讨，该认罚就认罚呗。”奉天成见处长开口了，摊了摊手，耸耸肩说。

“这还真不光是条令的事儿，你要认识不到这点，会出大事儿的。”老白摇摇头，“咱干这些年，生生死死见得都不少了，见着见着，人心就皮了，一旦麻木，无论哪趟任务，也不过是个活儿。我怕的是你把命当活儿，少给一脚油，影响的可能就是一家人。”

“咯咯。”秦处长咳嗽了两声，给奉天成使了个眼色，“老奉啊，你的觉悟还是没有白班长的觉悟高哇，必须深刻检讨，意识到自己在思想方面的不足和态度方面的懈怠。你也是老司机了，风里来雨里去，连续三年里程数全班第一，是咱这一百单八将里最为勇猛的卢俊义，你这玉麒麟要是出了问题，水泊梁山队伍可就不好带了。”

“对不起各位领导，是我错了，我不应该在执行任务的时候，未经活动戒备总指挥车同意就擅自离岗，险些给人民群众生命财产造成不可挽回的损失。”奉天成起身向所有人行了个鞠躬礼，转头对老白说：“白班长，你和鲁医生说说，我想跟进一下病人后续治疗的情况，一定得去表达一下我的心意和歉意。”

“可以，认识到错误了就好，我回去跟鲁医生那边协调一下。”老白嘴上在回复奉天成，脑子里却开始琢磨秦处长话里话外的含义，自从去年车队车辆凑齐了一百〇八辆后，秦处长总念叨自己手下有一百〇八将，可奉天成要是卢俊义，那他老白不就成了宋江了？这个想法让老白特别不舒服。

孙主任见鲁一帆进来，挥挥手，让他和自己一起坐到沙发上，用简易茶具给他泡了杯茶，看着欲言又止的得力干将，忍俊不禁。

“你看你愁的，不就是点名批评你两句嘛，一没罚款，二没降级，他们那个什么农博会组委会，就是想找点儿存在感，甭搭理就完了。”

“我不是愁这个，你也知道，这事儿传出去，会影响上面对咱急救中心的看法，我是觉得你跟我吃这一轮挂落儿犯不上。”鲁一帆苦着脸说。上午急救中心刚刚接到农博会组委会的通报批评，急救中心派出的医疗戒备指挥车临时换将，上面点名批评带队的鲁一帆擅自离岗去接其他任务，言辞犀利，这表示领导很不满意。

“你啥时候也跟着开始琢磨当官的事儿了？”孙主任拍了拍他大腿，坏笑说，“想再往上进步进步，把我这个老家伙挤下去？”

“拉倒，当我没说，多体谅你一点儿都成罪过了。”

“这是通报到你那儿了，你觉得是个事儿，我这里天天接通报，各种投诉意见，早就虱子多到不嫌咬得慌了，领导们高看咱低看咱重要吗？我看是一点儿都不重要，这些年说是给急救中心多批点儿款，多安排点儿设备，可是凑来凑去，也只能凑成一辆超一流水准的一号车，其他那叫能用而已，所以你使着才不顺手。”

“如果不是极特殊的情况，倒也够用了。”鲁一帆想了想九号车，在先进性和精密度上肯定不能像一号一样不计成本地进行改装投入，但是通常应用到的急救设备也可以说是一应俱全了。

“咱这儿是救命的，哪个情况不是极特殊？”孙主任问，“知道为啥我给一号车特权，还让你们想咋弄就咋弄吗？”

“因为我们是一号车呗。”鲁一帆笑了。

“平时的机动任务发现了不少添乱的，有的伤者和病人明明伤患和病情没那么紧急，把咱救护车当出租车使了，叫，咱就得去。我们计算过，每年光这些的比例就达到了32%，那真出了事儿怎么办呢？因为这32%，有没有耽误救治其他的危重情况呢？肯定有哇，只是难以计算了。”孙主任大手一挥，“所以，一号车要有特权，这特权干什么使，就是你上周用到的，真出了事，顶雷也得往上冲，后面的责任我担着，不然我当老大干吗？”

“话在茶里呗。”鲁一帆知道孙主任用心良苦，他再多说什么都没意义，端起茶杯，和孙主任碰了一下，两个人会心一笑，一饮而尽。

林童没想到范恬比他还急着要去看田洪涛，上次在老李串吧吃了顿烤串后，一号车又出了几趟不大不小的任务，没什么特殊情况备班的时候，范恬就总在休息室撺掇他去看田洪涛，搞得好像鲁医生随口答应下来的一句，不追着兑现就过期无效似的。把林童逼急了，就让她去找鲁医生协调，协调明白了，他们两个人去一趟就去一趟吧，不过是看一眼的事儿。

没想到这小护士还真的让鲁医生和刑警队那边给协调下来了，对方同意让急救中心的救护人员过去看看他们当时救助的伤者，也就是嫌疑犯田洪涛，范恬在当天下班后，开着自己的车拉着林童准备赶赴和平医院。

哪知刚走到门口，就见牵着孔若曦的关婷正在和保安比比画画交流着，林童一看便知道，这是若曦想他了，趁妈妈休假非要看看他。赶紧让范恬在门口停车，颠颠跑了过去。

“你们娘儿俩来啦？”林童摸摸若曦的头问，“吃饭没呢？”

“没有呢。”若曦说了实话，却被妈妈偷偷掐了一把。

“我们就是顺路过来看看你，有事儿你就先去忙吧。”关婷看到林童是从车上下来的，连忙把孩子抱起来说。

“没啥正事儿，就是答应了和同事去看个伤者。”林童犹豫着说，“要不你们找个地儿先等我一会儿？很快就完事儿。”

“林童，你快点儿啊。”范恬从车里伸头出来叫了一声。

“催什么催？”林童回吼一嗓子，“不愿意等你自己去。”

“别别别，别刚到单位就和同事闹矛盾，你快去忙吧，我们娘儿俩溜达溜达。”关婷推了林童一把说。

“老爷子挺想若曦的，嘴上不说，总往家里买零食，他也不吃，我又忙着没空儿吃，你们到家里去吧。”林童摸摸孔若曦的小脸儿说。

“行啊，我正好过去给老爷子包点儿饺子，省得你们总买速冻的，你快忙去吧。”

“啊，那等我回家吃饭哈。”林童说完就跑回了范恬的车上。

这会儿正赶上晚高峰，路上有些拥堵，林童着急回家，看着范恬小心翼翼地在车流中钻来钻去驾驶的样子非常懊恼。

“你靠边停一下。”林童指了指路边。

“怎么了？”范恬把本来就不快的车停在了路边。

“下车，去坐那边。”林童下车拉开驾驶室门对范恬说。

“你别开我车违法哈。”范恬和他换了座位后十分不放心。

“系上安全带，我靠这个吃饭的。”林童启动了汽车，很快就以娴熟的驾驶技术熟悉了车况，在车流中不断向前超。

上次来和平医院的时候，林童连主楼都没进，这次跟着走在前面的范恬一起，进主楼直接上电梯，到了外科病房的警务监察区。

警务监察区在楼道拐角处，内外有两层看守，守卫着走廊尽头的两间病房，内层看守见他们拿着急救中心盖章的探视信过来，在带他们进病房前，简单交代了几句，这搞得林童又有些紧张了。

田洪涛整个人身上还插着各种管子，头被摆正，一双呆滞的眼睛仰望着天花板，不知道在想些什么。

“急救中心的人过来看你了，当天要不是他们救你一命，你早就挂了。”陪他们进来的那个警察给田洪涛稍稍调了调枕头，“人家也算是有心了，生怕我们照顾不好你，白费一番力气，特意叫人来跟进一下，你得感谢人家呀。”

“谢谢，谢谢。”田洪涛看看站在床前的人，嘴唇用力扯动了几下，两个眼圈都红了。

“不客气，这是我们应该做的，希望你能养好身体，配合公安机关调查。”林童怕他过于激动，连忙摆手。

“人好心好话说得也好，你首先得配合医生治疗，别把命真搭这儿，然后得配合警方办案，把来龙去脉都说清楚，承担你的责任。”警察看田洪涛少有地动情，赶紧多补了几句。

“我会的。”田洪涛的眼泪居然下来了，“对不起。”

“光对不起是没有用的，唉，你呀，自己看着办吧。”警察说完拿起床边的纸巾，给他擦了擦脸上的泪水。

“那我们就走了，不耽误你们工作了。”林童扯了一把身边杵着的范恬说。

“走吧走吧，咱都是为人民服务，互相之间就甭客气了。”警察摆摆手。

林童往外走的时候，听到了身后隐隐的啜泣声，到了电梯口猛一回头，就见范恬正在抹眼泪，他按了下楼键，冲范恬撇了撇嘴。

“你哭啥？”

“就觉得这医患关系，挺好的，你们救了他一条命，虽然他有罪。”上了电梯后，范恬从包里翻了副墨镜戴上。

“嗯。”林童着急要回家，根本没注意到范恬的异常，胡乱点了点头，下了电梯自己先蹿了出去：“我走了，明天见。”

“谢谢你。”虽然明知道心急火燎的林童已经绝对不可能听见了，范恬还是冲着他的背影道了句谢。

和平医院离家不近，出租车又不能随意换司机，林童一路忍着焦虑回到家中时，林卫国说关婷已经走了。冰箱里塞满了关婷包好的饺子，她却连留下来吃饭都不肯，说正忙着要换房子，就带着孩子回家了。

林童纠结了一下，没有再打关婷的电话。可正攥着手机的时候，方糖给他发来了消息，想约他明天下班出去找个地方见一面，谈一下关于孔若曦的成长规划建议，林童连忙答应了下来，其实他心里一直在想是否要给孔若曦找一位家庭教师，如果机会合适，那方糖是个不错的人选，这件事情他准备先斩后奏，到时候自己也可以帮关婷扛一部分费用，让孩子能够得到更好的教育。

十四

杨冰终于敲完了她处女作长篇小说的最后一个句号，她仰靠在阳台上，点了支烟，享受自己这种前所未有的成就感。

杨冰不抽烟，杨妈妈抽烟，她拿妈妈的烟纯粹是为了体验一下当一个特立独行的女作家是一种什么样的感觉，结果烟只抽了半支，就差点儿连写作都想放弃了。

把整篇小说发给编辑后，杨冰拨通了鲁一帆的电话，让他晚上早点儿回家，准备给他一个惊喜。听着鲁一帆在电话那端期待满满的语气，杨冰对着小梳妆镜一顿捯饬，老夫老妻，也要有个小别胜新婚的仪式感。虽说两口子这会儿还有许多问题没能解决，但她现在心情好，觉得未来的日子长着呢，一点儿一点儿破冰吧。

然而就在鲁一帆盯着办公室里的时钟，准备下班也发挥一次鲁小跑精神时，桌上的紧急救助电话响了起来，鲁一帆赶紧按下免提，把刚换好的便装换下来去穿制服。

“鲁医生，出事儿了。”电话那端是120指挥中心当班副主任沈剑的声音。

“说。”鲁一帆一边系扣子一边要信息。

“春光养老院发生了一起食物中毒事件，派过去六辆救护车，人手还是不够，现场也缺少督导和指挥，回馈是乱得一塌糊涂。”

“地址发到一号车上，我们马上出发。”鲁一帆说完连电话都没来得及挂，径直冲着窗外准备走的老白喊了一嗓子：“老白，叫咱的人上车出任务。”

鲁一帆上车后发现少了一个人，林童居然没在，一问才知道，今天林童好像有事儿，下班第一时间就走了。鲁一帆命令老白即刻出发，等不了林童了，四个人先扑过去，最主要得到现场看一下情况，担任指挥任务。

在车上，鲁一帆给杨冰发了个语音消息，杨冰习惯了他的临时出动，只回复给他一个安慰性的笑脸和两个字“等你”。看得鲁一帆心中一暖。

大军坐在平时林童坐的副驾驶位，用扩音器不断喝令挡在前面的车让路，一号车一路狂奔，往城乡接合部的春光养老院驶去。

春光养老院的外观看着像是个乡村的小学校，两层小楼，一个大院子，院子里晾着些老年人的衣物，摆放了不少运动器械。一号车到达的时候，急救中心派来的六辆车有四辆已经带着情况危重的老人驶向了附近的朝阳医院，还有两辆车上的医护人员正在院子里忙碌。

鲁一帆下车后挥手让范恬、大军和老白都加入忙乱的局面中观察病患情况，自己迎上了一位养老院负责人模样的中年男子，开始询问这些老人病发时间。

老人们是在吃过午餐后进入午睡环节时才逐次病发的，之前病发的是几个平时免疫能力就很差的老人，养老院并未取得足够的重视。当院长发现不对的时候，赶紧从急救中心叫来了一辆救护车，结果车到了，病患反应开始激增。全院三十多位老人，居然有十八位上吐下泻，这还不算另外三名被院长打车送往医院的全职护工。

鲁一帆在院长引导下来到了厨房，他戴上手套在未倒的泔水桶里翻了翻，捡出几块木耳来用手一捻，就明白了问题所在。

“观察脏器衰竭反应，先送反应强烈的走，车不够了，再叫几辆，附近没出任务的全部协调过来。”鲁一帆跑出去后，对急救中心的医护人员说，“询问意识清楚的患者中午木耳摄入量是多少，观察摄入量大的患者反应。”

一番安置后，鲁一帆下场去检查周边的情况，这时一些接到通知的老人家属也赶到了养老院，又哭又闹地寻找自家老人。

“先让我爸上车，我爸都不行了。”一个壮汉堵住了一辆救护车的后门，把医护人员正往上抬的担架拦了下来。

“别胡闹，听我的，先可着情况紧急的处理，担架上的，走。”鲁一帆一见出了乱子，过去把壮汉推开，让已经濒危的患者上了车。

“你们这些大夫狼心狗肺不负责，我爸要是死这儿了，我跟你们拼命。”壮汉扶起一位靠在墙边正在呕吐的老人，冲鲁一帆喊。

“大爷，你中午吃了多少木耳？”鲁一帆见壮汉闹得厉害，拿着听诊器按到了老人胸前，另一只手搭在他的脉搏上问。

“两片。”老人拿手抹了抹嘴，意识十分清楚。

“你爸没事儿，先让他缓缓，等这边忙完了现场处置就可以。”鲁一帆说完，又扑到了另外一个正在接受范恬检查的老人身上。

“还没事儿呢？你看这站都站不稳当了。”壮汉一见又过来一辆救护车，连忙拖着老人往车上走，“上这辆上这辆。”

“大军打电话报警。”鲁一帆甩头说了一句，又抬头看看冲下车的奉天成和柳旭这组人，一指地上的老人，“这个往上抬。”

壮汉一看大军打电话，其他人都在忙着，把他爸放下，转身进厨房抄起一把菜刀冲了出来，径直跑到鲁一帆身边，把刀搭在他的脖子上。

“你少跟我耍无赖，服从安排，我保证你爸没事儿。”鲁一帆转头瞪了他一眼。

“这车要不让我爸上，我就剁了你。”壮汉色厉内荏地说。

“滚。”鲁一帆一把推开他，又要去看另外一位中毒的老人。

“我砍死你。”壮汉象征性地挥舞了一下菜刀，旁边始终观察着他的老白扑了过来，挡到鲁一帆身前攥住他的刀。

鲁一帆再转身的时候脸上溅了一片血，老白的手被划伤了，刚挂了报警电话的大军抬腿一脚就蹬到了壮汉肚子上，把他踹翻在地。

“你管他干啥？他没那个胆子往我脑袋上砍。”鲁一帆按住老白被划伤的手，“动一动。”

“好像，有点儿使不上劲。”老白苦笑看着鲁一帆说。

“还看？来俩人把这疯子给我控制住，现场别乱，该干啥干啥。”鲁一帆叫住了养老院院长，院长赶紧招呼保安，七手八脚控制住壮汉。

“白班长，你没事儿吧？”奉天成凑到老白身边。

“好像划破了手筋，情况不太好，让他跟你车走，车上能处理就处理，不能处理坚持到医院。”鲁一帆把老白交给了奉天成，又转身招呼范恬：“先给这疯子的父亲找点儿药，缓解一下他的症状。”

林童是在赴方糖之约的路上收到的新闻推送，连忙从公交车上蹦下来，拦了辆出租车就往事发地赶。当他到了养老院时，一番乱局终于平静了下来，现场只有几个中毒较轻的老人在接受医护人员治疗。那个医闹已经被公安机关带走了，医闹的父亲正在跟满脸血和汗都来不及擦干净的鲁一帆求情。

“大爷，你求我没用，他这属于在特殊情况下破坏医疗急救秩序，而且还伤了人，得听公安机关处理。”鲁一帆见林童来了，转头对他说：“老白受伤了，你开车，趁天还没黑，把剩下的几个老人也都挪到朝阳医院去。”

“嗯。”林童来不及细问，打开一号车车门坐上了驾驶座，这是他第一次在出现场的时候摸着方向盘。

“老白手筋好像断了，让后面那老头儿的儿子给砍的。”大军看后面鲁一帆和范恬把包括医闹父亲在内的人都扶上了车，转头对身边的林童说。

“什么？”不知道情况的林童当时就急了，“疯了吧？”

“那家伙想持刀吓唬鲁大夫，老白一扑过去，刀抡实了，抢刀的时候出了事儿。”

“老白现在人在哪儿？”林童听到鲁一帆在催促他开车，可拧了两次钥匙都没打着火，他和车都生气了。

“朝阳医院。”大军帮他设定了GPS导航说。

“知道了，催什么催？”林童火气很大，一脚油把车踩得嗷嗷直叫，打开警报就驶上了去朝阳医院的路。

鲁一帆到了朝阳医院，发现范恬对这里熟门熟路，毕竟她在这儿工作过两年。与院方负责这起中毒事件的人进行了一系列的对接后，鲁一帆这才在范恬引导下到医护站擦洗了一把脸，然后马上去外科病房看老白。

大军和林童早已经到老白的病床前了，如之前鲁一帆的判断，他的手筋确实断了两根，现在已经缝合完毕，被仔细地包扎了起来。

“比起你的伤，少了十来针。”老白冲鲁一帆挤出了个笑脸。

“我穿上衣服根本看不出来。”鲁一帆耸耸肩。

“鲁医生也被医闹砍过，后背上挨了两刀。”大军小声跟林童解释说。

“怎么会闹成这样？”一脸急切的杨冰冲进了外科病房，扑过来扶着老白肩膀问。

“杨大夫，有日子没见了，这咋还把你这大作家给惊动了？”老白和杨冰打了个招呼。

“你咋来了？”鲁一帆揉了揉自己的脸问杨冰。

“这事儿新闻都刷爆了，春光养老院突发事件，老人集体中毒病因不详，医闹施暴刀砍急救人员，还有张老白的照片呢。”杨冰掏出手机说。

“好事不出门，坏事传千里。”鲁一帆摇了摇头。

“要我在，非撕了那家伙不可。”林童恨恨地说。

“瞧把你能的，先跟咱家小白搞好关系吧，它是有灵性的，我这情况，够呛了，以后就得你伺候它了。”老白苦笑说。

“白叔，医生说你这问题不大，手术缝合也很细致，复原的概率很高。”范恬安慰老白说。

“行了丫头，在咱一号车上，逞能不是啥好事儿，何况我是司机，本来就上了岁数，万一操作不当就麻烦了。林童技术没毛病，就是短练。”老白动了动包扎的手说。

“老白，你先好好休息，我也累了，得歇歇去了。”鲁一帆起身说。

“那我们……”林童看了看鲁一帆欲言又止。

“你们多陪陪他吧，也别太晚，明天还得上班呢。”鲁一帆说，“大军，等会儿老白家属来了，帮我道个歉。”

“放心吧，鲁医生，你和嫂子先回去，这边我熟，有事儿好说话。”范恬话是说给鲁一帆的，却冲着杨冰点了点头。

上了杨冰的车，鲁一帆就崩溃了，他缩在副驾驶上一通干呕。杨冰把车窗打开，静静看着他，直到他眼泪下来，才缓缓将车驶出了朝阳医院的停车场。

十五

看老白进入了梦乡，林童把新闻链接发给被他放了鸽子的方糖，自己又随手拍了一些医院的照片，方糖把语音通话拨打了过来，他冲范恬指了指手机，自己跑出病房去接。

“你没事儿吧？”方糖开门见山问。

“对不起，方老师，这边的事情把我给拖住了，我们班长刚刚做完缝合手术，我还在医院里陪他。”

“你没事儿吧？”方糖语气显得无比焦急。

“我没事儿，我赶到的时候，事情基本收尾了。”

“吓死我了。”方糖在电话那端居然哭了。

“方老师，你没事儿吧？”方糖哭得林童有些莫名其妙。

“没事儿没事儿，你就好好的吧，注意安全，我不打扰你了。”方糖也发现自己失态了，立刻把语气放缓和，显得就像普通朋友一样的关心。

“好的，那咱们以后有空再约。”林童挂了电话还在纳闷，这位方老师怎么会突然哭了？

鲁一帆一起身，杨冰就醒了，赤裸的后脊梁上，两条刀疤像刺目的剑一样扎在她心里，眼睛一酸的工夫，趁鲁一帆回头前又闭上了眼睛装睡。听着厨房中鲁一帆煎鸡蛋煮咖啡好通儿忙，等香味儿溢进了卧室，调整好情绪的杨冰才穿上睡衣，捂着脖子来到了餐桌前。

“吃吧，我对付一口得早点儿去单位。”鲁一帆把抹了果酱的吐司递到杨冰手上，看看她的短发，摇头苦笑。

“看不惯？要不我买个假发戴上得了。”杨冰嘿嘿一笑。

“不用，既然你想换个形象，就当我换个老婆了。”鲁一帆看样子心情不错。

“你这么早去单位干吗呀？昨儿忙成那样，晚去一会儿老孙也不会不近人情吧？”

“就是因为昨儿太忙了，好多事情得回去复盘，老孙半夜还给我发了个消息，让我准备准备，今天可能会有一大堆媒体要去急救中心采访这起养老院中毒事件。”鲁一帆叹息一声，“何况还伤了个人。”

“还有谁看正经媒体的消息呀？网上各种信息渠道都把内幕扒得差不多了。”

“必须得对社会有个交代。”

“还交代什么呀交代？你们一点儿不敢耽搁跑过去救人，医闹上来就砍。要我说呀，直接就跟媒体讲，再这样下去，医生成高危职业了。”

“这话可不能说，医闹是医闹，那是非正常的医患关系，我们还得奔着正常的公关路径来，先把情况交代一遍，最后提一嘴，大家都不容易，希望以后伤病患者家属多多支持我们工作就行了。”鲁一帆喝完了咖啡把杯子一推，“你收拾收拾吧，我走了。”

鲁一帆到了急救中心，先确定一号车的其他人员都已经到岗了，看大家都在休息室里，帮老白收拾着因为昨天走得急留下的汽车杂志和简易茶具。

鲁一帆敲了敲平时老白常趴着睡觉的小桌，所有人都看向他，以为他要说什么，他却一言不发，只是又敲了敲小桌，然后深深地看了看每一个人。鲁一帆往外走的时候，和奉天成擦肩而过，奉天成想和他打个招呼，看见他急匆匆的样子，半扬起的手又放下了。

孙主任已经在办公室把昨天各车出勤的动作回复都整理了出来，手边还放着公安局和养老院方面汇总过来的资料，从一双布满血丝的眼睛看得出来，他也是一夜没睡好，净忙这些今天需要反馈的活儿来着。

“媒体记者已经在路上了，待会儿咱就在楼下大会议室，吴秘书已经去准备了。我知道你和老白感情不一般，而且视频上也看到，他是为了你才去挡刀。”孙主任看鲁一帆进来，并没有停止整理文件，嘴里却在说，“如果媒体有要求，我会用幻灯片让他们看一下的。”

“兵来将挡，水来挖坑。”鲁一帆故作轻松地说。

“放心，我这儿有锹。”孙主任牵强地咧了咧嘴，这话是他们俩之间常说的，水来不能土掩，真相无法埋藏，只能疏通导流，才能避免更大的灾祸。

“我担心的不是眼下，而是老白伤在这个岁数，又是手筋那里，怕是很难再在一线了。”

“听说你们不是培养了一个小伙子吗？情况紧急，如果合适的话，转正可以提前嘛。”

“火候还是差了点儿，边干边学我怕他一心二用扛不住。”

两个人正在说着呢，楼下传来了一阵喧哗声，鲁一帆听出来了是林童的声音在吼，心里不禁咯噔一下，生怕这小子在这个节骨眼儿上掉链子，连招呼也顾不得打，就蹿出了孙主任办公室往外跑。

“你一个实习生，还没转正呢，这儿有你说话的份儿吗？”奉天成在大军的搂抱下指着林童叫嚷。

“我不管你是咋回事儿，没老白的话，这钥匙我就不交。”林童在范恬的阻拦下攥着一号车的车钥匙，针锋相对地说。

“老白不在，我这个副班长就是一号车主力驾驶员，你该擦车还擦你的车去。”

“一号车只能老白开，你不好使。”林童见鲁一帆跑过来，声音也弱了下来。

“钥匙给我。”鲁一帆一伸手，林童迟疑了一下，气呼呼地把钥匙交给了他。

“鲁医生你来得正好，这小子不服从管理，车辆调配是车辆管理处的事情，司机安排是司机班的事情，老白不在，我是不是得对秦处长负责？他……他还跟我顶上了。”奉天成见钥匙在鲁一帆手上，咽了口吐沫说。

“他是新人你也是新人吗？一号车是急救中心领导班子的直属应急车辆，秦处长什么时候高升了？怎么没通知我一声啊？”鲁一帆没好气地说。

“鲁医生，你这话说得就过分了，我来是救急的，老白受伤，他是司机班班长，一号车驾驶员这么重要的位置，由我这个副班长顶上，没毛病吧？”奉天成觉得鲁一帆这是摆明要和秦伟亮翻脸了，毕竟秦伟亮没有进入班子这事儿，在急救中心是不能公开讲的敏感话题。

“我是一号车的全权负责人，需要司机我会跟白班长或者秦处长协调，你回去吧。”鲁一帆脸色一沉说。

“那我这就去和秦处长说了。”奉天成语带威胁地看了鲁一帆一眼。

“去说吧，顺便和他说一声，我正在写报告，想给组织提议增加一些空中急救设备，让他多看看医用飞行器的资料，坐直升机升得更快。”鲁一帆话中有话地说。

“鲁医生，对不起，我……冲动了。”奉天成走后，林童低着头来到了鲁一帆面前。

“听见我刚才说什么了吧？你现在还是个没有转正的实习生，并不是一号车专职驾驶员，去练你的海姆立克法。”鲁一帆见吴秘书一路小跑过来叫他，瞪了一眼林童说。

急救中心收拾停当的大会议已经座无虚席，挤满了媒体记者，墙上的电视播放着后楼指挥中心话务员接电话的忙碌景象和一些车载摄像头即时传过来的出勤情况，孙主任是一个很在乎公关形象的领导，每次有这样的信息通报会，他都要把急救中心最专业的一面表现出来。

鲁一帆在孙主任的打磨下，也多少明白了些公关常识，他进来后坐到了孙主任身旁，听领导介绍昨天养老院的情况，包括当时在急救中心接到情况严重的信息后做出的一系列动作和反应。

孙主任读的稿件其实早就已经发到了各路媒体的邮箱里，记者们等的不是这些，而是提问环节，果不其然，等吴秘书示意提问可以开始了的时候，台下的人纷纷举起了手。

“您好，孙主任，我是华丰新闻网的记者，我想问一下，当时我们调派了总共多少辆120救护车？这起事件到底有多少人误服了泡发多日的毒木耳中毒？为什么坊间有传言说后来有老人被遗弃在院子里无人救治？”一个戴眼镜的男记者在得到允许后对孙主任提问。

“算上我们的一号车，共计11辆车，养老院一共33位老人，有中毒反应的18位，另有工作人员3位，共计21名食物中毒患者。轻重程度不一样，最重的一位老人在今天凌晨抢救无效，不幸去世，另有3位仍在我市朝阳医院重症监护病房，有9名患者经简单治疗后已经出院，其他均在医院收治。”孙主任没有看稿子，对记者说，“我们的车派得够用，而且有两辆车做出了二次往返，根本不存在遗弃患者，更何况是老年患者，养老院室外活动空间是有摄像头的，这个我们也和公安机关协调过了，一切可以向媒体公开。但事涉专业救治手段，为免误导公众，媒体不能向社会公开监控画面。”

“我是渣浪网的记者，我想问，医闹砍人的画面也可以对我们公开吗？”另一位记者举手问。

“可以，待会儿我们会播放整个视频画面，希望你们在新闻报道中也给老百姓普及一下。在医疗环境中，局面越乱，越要听医生的，请保护我们的一线医护人员。”孙主任痛心疾首地说。

“我是《华丰都市报》的记者，我想问昨天在现场的急救总指挥鲁医生，那名医闹的亲属，他得到及时救治了吗？”一个女记者咄咄逼人地问鲁一帆。

“我们不能定义何为及时。我只能说，按照急救医疗必要的手段和措施，根据当时的中毒反应轻重，我们逐一将患者进行了合理救治，没有人可以在这个环节中得到特殊化对待。”鲁一帆一挑眉毛说。

正在吴秘书准备接着点名让举手的记者提问时，台下记者突然开始交头接耳，而且都掏出了手机，像是发生了一件重要的新闻事件。孙主任和鲁一帆同时也发现了异常，交换了一个眼神，坦然地坐在原处等待变化。

“鲁医生，我想问一下，您看过您爱人写的这首诗吗？”最早提问的男记者不等吴秘书叫，就举着手机站起来问鲁一帆。

“啊？”鲁一帆怔住了，他身边的孙主任赶紧拿出手机开始刷新查找。

“杨冰是您太太吧？”女记者追问道。

“对，她是我爱人。”鲁一帆不知道什么情况，谨慎地点了点头。

“她刚刚发在微博上的这首诗您没看过？她说她以前也是医生，现在是职业作家，写了一首《不要伤害我的爱人》。”

“她不是写小说呢吗？”鲁一帆接过孙主任递过来的手机，一看领导，正摸着下巴不知道在思考什么。

不要伤害我的爱人

我的爱人，他肉体凡胎
却能逼死神让步
他为了一条命出手
伤心处，留下了疤痕

我的爱人，他爱笑也哭
却敢和病魔对峙
他为了陌生人欢呼
委屈时，泪湿过枕畔
我的爱人，他白衣如雪
像一轮满月
出现在每一个人间受难的夜
观照并且保护着这个世界
你不知道，我们有多少次吻别
去抵抗盈缺
不要伤害我的爱人
我把他交给了他的信念
交给了他的誓言
交给了他的一往无前
他专心致志
他没有防备
他把自己交给了你
求求你，离开心中的恶鬼
放下手里的凶器
不要伤害我的爱人
否则，我将用生命去挽留
抱紧我的他

哪怕满天星斗都被抬进了ICU
哪怕太阳即将停止呼吸
我们也会守着干涸的银河，袖手旁观

鲁一帆看到，在这首诗的微博配图中，是两张照片，一张是老白三年前陪着他在处置室缝合，一张是昨晚他陪在对方身边握着对方被包扎起来的手。

“鲁医生，看了您太太的诗，您有什么想说的吗？”女记者眼泪汪汪地问鲁一帆。

“没有。”鲁一帆嘴角抽搐了一下，很快又面无表情地摇了摇头。

“我有想说的。”孙主任站起来对着满屋子记者说，“这首诗请各位原文刊发在你们的平台上，这是我们医护人员家属的心里话，没错，他们都有家有亲人，都是肉体凡胎爱笑也哭。请各位帮我个人在媒体上跟我们医护人员家属公开说句话：对不起，没照顾好他们是我们当领导的失职。但是作为医护人员，我们必须坚持不计回报地去救死扶伤，我们是与死神抗争的最后一道防线，谢谢你们的拼命守护。”

十六

杨冰的这首诗当天就在整个华丰市的新闻媒体上形成了一

阵舆论旋风，社会各界在养老院急救任务和发生在当时的医闹事件中也都体会到了医生的不容易。孙主任组织人员开了个安抚会的工夫，急救中心就收到了不少匿名快递过来的小礼品，搞得吴秘书不知道该给谁好，就索性让人在各个屋子里都发一发，最后还剩下一堆，索性都送到了鲁一帆的办公室。

下班后，鲁一帆带着一号车的人，开着范恬和大军的两辆私家车前往朝阳医院探视老白，坐在范恬的车后座，鲁一帆才敢第二次仔细看那首诗。

“嫂子对您可真好，诗写得也好，情真意切。”范恬看着后视镜中正在极力做着表情管理的鲁一帆说。

“她？呵，急了。”鲁一帆抽动了一下酸楚的鼻子，才能让眼泪留在眼圈里。

“换谁都得急，就像嫂子说的，咱也是肉体凡胎，唉。”范恬叹息了一声，假装没注意到鲁一帆的声线已经变了。

“你家人知道昨天的事儿，没担心吧？”鲁一帆把手机揣进口袋问。

“他们离得远，我自己在这边生活，发生什么他们也都不知道。”范恬若无其事地说。

“急救中心不像你以前待过的心外科，经常会遭遇一些红了眼睛的患者家属，碰到医闹的概率很大，你得多做些这方面的心理准备。”鲁一帆一下班，好像完全没有了精气神，把身体蜷缩在椅背上，看着窗外的车水马龙说。

“也有好的患者家属支持咱们的工作吧？”

“那当然，我说的都是概率问题，世上还是好人多，知道为啥咱们各办公室鲜花不断吗？有一年，一家花卉公司老板的爸爸突发心梗，被咱给救了。从那以后，免费的鲜花推都推不掉，这不就是你们年轻人常说的，赠人玫瑰，手有余香嘛。”

“有没有那种为了感恩，来急救中心工作的人哪？”范恬问，“就是那种，长大后，我就成了你。”

“有吧？我不管人事不知道具体情况。”鲁一帆摇了摇头。

“不过成为您可不容易，毕竟急救医学博士不好学呀。”范恬笑了。

“急救医学在我们国家还没有普及，即使是在北上广深这样的大都市，能够把握住生命的黄金四分钟，对心脏骤停病人进行及时并且有效施救成功的案例，也不超过百分之一。”

“难怪今天开会的时候孙主任说，换了他是老白也肯为您挡刀，说真的，我也愿意。”等红灯的时候，范恬转过头跟鲁一帆说。

“都是肉体凡胎，你们也是别人的爱人，也有惦记你们的人。”鲁一帆又掏出手机看了看说。

“我离有爱人还早呢。”范恬乐了。

“实在恨嫁了，组织可以给你安排一个，你觉得林童咋样？可以考虑一下共同进步。”鲁一帆笑着说。

“他？愣头青一个，我俩当哥们儿还行。”范恬撇了撇嘴。

愣头青林童在朝阳医院的病房里又见到了奉天成，他正在跟老白念叨白天发生的一系列事情，特别是关于林童不服从司机班管理，拒绝交出一号车钥匙的事情。老白也没护短，看林童进来，先把他斥责了一顿。

林童不敢反驳，看看老白床头的杯子空了，去给他洗杯子倒水，由于心中有气，跟奉天成连个招呼都没打。

“你看他对领导这态度。”奉天成看着林童忙碌的背影，用他能听到的声音说。

“你大人有大量，跟小孩子一般见识干啥？”大军嘟囔了一句，心里却在盼望着鲁一帆和范恬赶快来。

“还小孩子？你刚来急救中心的时候也像他这么大吧？跑前跑后跟着白班长忙，多会来事儿啊。”

“还是火力太旺。”老白苦笑道，“慢慢成长吧，一代一代不都这么过来的嘛。当老的总得学着退让，学着传帮带。”

“这么想就对了，要都不撒手，现在中国人平均寿命快八十岁了，以后各个岗位全被老家伙们赖着，那还了得？社会怎么发展？”戴着墨镜进来的杨冰听到了话尾，毫不客气地对着病床上的老白嚷嚷上了。

“杨大夫，你今天这诗写得好哇，急救中心家属人手一份正在学习呢。”奉天成笑着说。

“坐你的，我可不是杨大夫了，辞职了，双医生家庭太累了，我现在是杨作家了。”杨冰把墨镜一摘，露出哭肿的眼圈说。

“嗯，诗整得挺好。”老白也不知道应该说什么，他看到了自己和鲁一帆两次受伤的照片，当时心中五味杂陈，现在已经平复了很多。

“好多医护人员家属在网上给我回复，唉，他们的故事都够写好几本小说了，把我哭的呀。你说这帮医闹有心没心？就不能将心比心吗？”

“我这腰到阴雨天就疼，就是大前年救一个女人的时候，他们家老爷们儿急了，踹了我一脚。”奉天成揉揉腰说。

“咱就不能还手吗？”林童探了个头过来问。

“小子，我们在工作，是去救人不是去打架的，我告诉你，我被踹的时候，手上也没撒开担架，柳医生还接着忙呢，你有还手的心就不能干这活儿。”奉天成撇撇嘴说。

“也不是任人宰割啦，该躲也躲，如果手头没有撒不开手的任务，事出突然的话，必须及时制止呀，我们又不傻，就是要分主次，救护车上，人命关天。”老白安抚林童说。

“放平心态就完事儿了。”大军拍了拍林童肩膀说，“时代在发展，社会在进步，希望你们年轻人以后遇到这种事情的概率越小越好，一起医闹事件没有才好呢。”

“诗，写得不错。”鲁一帆推门一看杨冰也在，怔了一下对她咧了咧嘴说。

“总算夸一句我的文笔，你们都不知道，我写作他是非常不支持的，写了那么久小说，人家一个字没看过。”杨冰翻了个白眼说。

“回家就看。”鲁一帆点点头。

“嫂子好。”范恬握住了杨冰的双手说，“嫂子真是才貌双全，是我们鲁医生的贤内助。”

“我？过奖过奖，哈哈，以后你就知道了，我是出了名的不贤内助。”杨冰夸张大笑道。

“你和老白说了一号车驾驶员的事情？”鲁一帆没有再理扯着范恬到窗前的杨冰，看看奉天成问。

“刚提了一嘴。”奉天成一看这屋子里的人都是一号车上的，有点儿不敢再开口了。

“通知你一声，我下班前收到了孙主任下达的文件，林童昨天在非工作时间挺身而出，自行到了任务现场，并且运送了五位食物中毒的患者，功勋卓著，破格提前转正。”鲁一帆板着脸对奉天成说。

“昨天，他……最后一车都是轻度中毒，自己打车都能走的那种。”奉天成急了。

“你什么意思？救护车上的患者还分轻重吗？”鲁一帆皱眉问。

“不是……好吧，我先走了。”奉天成见满屋子人都在看着他，连忙告辞，走到门口才想起来转身冲老白打了个招呼，“白班长你好好养着吧，司机班里的事儿有我呢。”

“你……这咋的了？”老白一脸茫然。

“官迷一个，总想搞些小动作。”鲁一帆拿起床头柜上的一个橘子，剥开后给老白一半，自己也往嘴里塞了一瓣。

“哎呀，鲁一帆，你啥时候也开始有城府了？”杨冰过来抢走了鲁一帆手里的橘子，又分了一半给范恬说。

“我是懒得用，就他们那点儿智商和情商。”鲁一帆撇撇嘴。

“唉，这老奉也是不开眼，一号车可不是谁都能开的，你小子稳当点儿干吧。”老白用没伤的手把橘子递到嘴里咬下来一瓣，然后把剩下的给了林童，林童识趣地分了一半给大军。

十七

林童因为上次爽约，这次主动约了方糖，并且提前一个钟头就到了咖啡厅，坐在吧台附近等她。还差三分钟到时间的时候，化了淡妆的方糖看上去和在幼儿园完全不一样，青春娇俏的笑容像朵鲜花。

“等了很久？”方糖要了杯拿铁，往里面扔了两块方糖问。

“也没多大工夫，刚来一会儿。”林童说，“那天实在对不起，我在过来的路上看着新闻了，知道急救中心集体出动，我怕缺人手，就先赶着去那边了。”

“我后来才知道，这事情闹得挺大的，媒体都报道了，你们的工作可真是既辛苦又危险。”

“还好了，我刚过去，又因为这次表现提前转正。我跟的是一号车，指挥和急救两套系统，不轻易动，所以平时也不算太累。”林童不想光聊自己，就把话题往若曦那里引，“方老师把若曦这一班送走，接下来还要接新的小朋友吧？”

“是呀，我们那儿就好像个小码头，教孩子们如何启航。”方糖点了点头，啜了一口咖啡，用舌头舔去了上唇的泡沫笑着说。

“挺好的，如果我小时候能遇到像方老师这样负责又懂教育的老师，没准儿现在就不用卖手腕子了。”

“你叫我方糖好了。”方糖脸色一红。

“这……好吧。”林童想了想说，“上次你说要聊聊若曦成长规划的事情，到底怎么回事儿？”

“哦，是这样的，其实我早有跟若曦妈妈说过，但她一直忙，可能没太当回事儿。若曦虽然在你们面前表现得很快乐，可这孩子有些不合群，她非常敏感，容易在正常交流中产生对立情绪，这需要更加软化温柔的教育去培养。”方糖坐直了身子说。

“唉，我也不想瞒你了。若曦家里确实出了很严重的事情，她爸爸前一段时间去世了，我们都不敢跟孩子说，她太小了，许多事情还理解不了。婷姐天天辛苦工作，最近还要把房子换到十九小学那里。我作为一个几乎可以算是家人的外人，也实在是帮不上她们母女什么，特别换了现在这份工作，难以保证长期持续地陪伴这孩子，再说我家里也有个需要照顾的爷爷。我懂你说的这些，可是她身边的大人确实都处于有心无力的状态。”

“那怎么办？她还这么小，就得承受这些，而且孤立无援，这，这也太不负责任了。”方糖一听林童说的这些话气急了，忽地就站了起来，发现咖啡厅里的人都把目光看向了他们，又慌忙坐下。

“方老师，你别生气。”林童赶紧安抚她，“咱们一起来想想办法，好不好？”

“想什么办法？”方糖没好气地问。

“是这样的，我其实一直想给若曦找个家教，能帮孩子在放学后辅导一些功课，多一些陪伴式的教育，这事儿虽然还没和婷姐说，但想必她也会同意。”林童试探地看了看方糖问，“方老师你有没有兴趣？”

“都说了不用叫我老师了。”方糖说完低头认真考虑了考虑林童的话，仰头问他：“你说若曦妈妈把家搬到了十九小学那里，若曦是要在十九小学上学吗？”

“是的，若曦爸爸之前把她的户口迁到了那边，她开学就在十九小学上学。”林童点了点头，“如果方……如果你肯当若曦家教的话，费用方面好商量，我可以私下里多拿些钱出来，再让若曦妈妈象征性交一些，这样咱们既维护了她的面子，也能帮上她们母女的忙了。”

“你可真够逗的，我见过许多家长，对自己家老婆孩子都没你这么上心的。”方糖笑了，“你以为我那么爱钱哪？真爱钱我就不干幼教了。”

“我的意思是，应得的劳务报酬是要拿的，只是别让婷姐压力太大。”林童连忙说，“咱就按时薪算，价你定，我出八成，婷姐出两成。”

“我家就住在十九小学对面，上下班也正是若曦上下学的时间，既然顺路，这钱没理由不挣是吧？”方糖对林童眨了眨眼睛，“不过我有个要求。”

“你说，啥要求？”林童一听有门儿，连忙豪爽地问。

“我家里虽然没矿，但也真不差钱，既然你说要维护若曦妈妈的面子，她那两成现金我收了，你把假期腾出来，用那八成补贴，请我和若曦吃好吃的吧。”方糖捋了一下头发问，“行不？”

“必须行啊，那咋不行呢？太行了。”得意忘形的林童根本没感觉出来这位方老师话里有话。

鲁一帆正在办公室里看杨冰的小说稿子，他这是在家里专心地夸了好几天，才获取了杨冰作品首席读者的资格，看这两天风平浪静没什么事儿，就躲办公室里偷个闲。

杨冰的小说女主角是个利落干练的心理学家，利用专业知识协助男主角自己的丈夫侦破了一系列棘手的案子，两个人也达到了人生价值的最大化。不过鲁一帆觉得这小说人物设计有问题，女主角冷静、专业、犀利、睿智，男主角玩世不恭、做事拖沓，这和他们夫妻之间的情况刚好相反，想来杨冰也就是为了过过瘾，来个形象互换吧，当个休闲读物看看倒是蛮好的。

鲁一帆正皱着眉头看到男主角狂吃螺蛳粉那里，刚出院的老白敲敲门进来了，他赶紧把打印版本的小说放进了抽屉，脸上挂着一副像是做错了事的尴尬表情。

“又出事儿了？”老白被他的表情吓了一跳。

“没有，我就看点儿杨冰写的东西。”鲁一帆不愿意跟老搭档撒谎，嘿嘿一笑说。

“看来这是涛声依旧了，我还和他们说呢，鲁医生和杨大夫是天作之合。”

“人家是杨作家了。”鲁一帆起身给老白倒水，“你不消消停停在家歇着，跑单位来干吗？”

“我在琢磨头几年咱俩一直商量的事儿。”老白低头看了看伤手，咧嘴一笑说，“我这手估计也不能跟你上车了，身体倒还能挺几年，我想把那个事儿搞起来。”

“哪个事儿？整直升机？我提了，老孙说买是没有问题的，问题是没钱。”鲁一帆乐了，“你倒是可以去搞个飞行器管理处，往上升一格和老秦平起平坐。”

“啧，你这玩笑开的，我这班长干得都晃晃悠悠的，还当处长，飞行器管理处，亏你想得出来，地上还不够我跑的？”老白说，“咱俩头几年不一直在商量跟街道合作，多培训一些义务急救员嘛。”

“嚯，你说这事儿啊，确实有门儿，之前忙得也顾不上，你要是能挑头出去干，单位我再协调一些人手，能救不少人。”鲁一帆一听老白说的话，当时就来了精神。

“对嘛，我虽然手伤了，但没残疾，坐办公室又肯定坐不住，不如下去干点儿实事儿。你这些年头疼的不就是咱中国人急救意识普遍不够嘛。”老白苦笑说，“一出事儿不管哪儿的毛病都往死掐人中，抠牙床子也不顶事儿。”

“老白，你这可真让我肃然起敬了，咱俩搭档这些年，我想啥你是知道的，其实自己去干也会头皮发麻，如果借这个机会，以急救中心为核心，在民间建立应急梯队，哪怕救活一个濒临死亡的人，都是件功德无量的事情。”鲁一帆搓着手说。

“我不图功德，就是这行干时间长了，知道命被保下的时候，家人能多开心，命没保住的时候，家人有多难受。要是普通老百姓都能多具备些自救和互救的知识和能力，那咱急救中心妥妥省不少事儿。”

“整，这事儿必须整，你说你想咋办，要啥资源，我想办法。”

“也不用啥资源，这需要啥资源，我就寻思和你商量商量，可行不可行。”老白把这几天的想法跟鲁一帆和盘托出。

“那还等啥，你就张罗吧，在不耽误一号车正常工作的前提下，我全力配合，加班加点都没事儿，反正我家那位作家现在也不上班了，也能帮你打个下手，积累点儿素材。”鲁一帆一激动，双手捏着老白的肩膀说。

十八

关婷总算搬到了新的住所，之前林童一直问她啥时候搬，关婷为了不打扰他，总是推说不着急，其实在第十九小学旁边的房子已经租好了，自己则像蚂蚁搬家一样一点儿一点儿往这边折腾。

房子是个老房子，年代大概和林家祖孙住的那套同龄，谈不上有什么保安物业，但邻里间看起来都相当和善。当一切都尘埃落定后，关婷从娘家接了女儿孔若曦过来，开伙做饭，娘俩儿吃了顿乔迁宴。

孔若曦知道关婷辛苦，特别是近段时间，妈妈的不容易，懂事的女儿都看在眼里，所以在饭桌上一直在给妈妈讲笑话背古诗，关婷见她如此开朗，十分欣慰。

就在娘儿俩吃完了饭有说有笑收拾桌子的时候，关婷电话响了，号码是方糖的，关婷带着满心迷惑接起了电话。

“你好，方老师。”关婷在说话时看了看孔若曦，看得孩子一吐舌头，不知道幼儿园的老师在她都快上小学时，打电话来干吗。

“若曦妈妈好，打扰你了吧？”方糖怕关婷多想，开门见山，“今天我在路上遇到若曦叔叔了，听他说，若曦准备到十九小学读书，你们也要搬到这边来，我家就在十九小学对面的龙城花园，一直都很喜欢若曦这孩子，挺想她的，等你们搬过来后，啥时候方便的话，我过去看看她呀？”

“啊？这么巧哇？”关婷听她这么说十分开心，毕竟这位老师对若曦还真是好，连她外婆都赞不绝口，“我们已经搬过来了，在钢管厂家属楼。”

“真的好巧，我们前后院，走路三五分钟就到，我正愁下班没事干，在家里无聊呢。”方糖顿了一下问，“那我现在过去你们娘儿俩欢迎吗？”

“当然欢迎。”关婷看看整洁一新的小窝，虽然有些破旧，却被她收拾得一点儿都不显寒酸，地方不大，东西不多，都是女性化风格。

“那好，那你把门牌号告诉我，我过去参观参观你们的新家，真的很想若曦了。”方糖笑着说。

当晚方糖在关婷和孔若曦的小家待到很晚，娘儿俩已经许久没有这么开心过了，特别是当方糖主动提出当孔若曦的家庭教师，把若曦乐得跳着扑到了老师身上撒欢儿。

谨慎的关婷和女儿的兴奋不一样，她首先想到的就是费用问题，她在附近找房时，连看都没敢看龙城花园的房子，那是附近一个非常有名的高档小区，方糖开口，她马上说明自己现在的收入不足以支持若曦额外的教育支出。

让关婷没想到的是，方糖报了一个极低的价格。在关婷狐疑时，方糖给了她一颗定心丸，告诉她自己根本不是为了钱，毕竟幼儿园有份收入，家中父母都在做生意，条件也算不错，之所以想当若曦的家教，首先因为喜欢这孩子，其次因为自己下班很无聊，这样既有孩子陪她玩，还能有一些小外快，何乐而不为？

关婷将信将疑地答应了下来，但送走了方糖后，坐在床上就开始琢磨，这事儿对自己到底有什么坏处？现在遇事，她都往坏处想，最坏会到哪一步？如果这都可以接受，就没什么大不了的。

“妈妈我告诉你一个秘密呀？”一晚上都在乐的孔若曦把小脚放到了关婷后背上笑着说。

“什么秘密呀？”关婷对女儿淡淡一笑。

“我发现，我们方老师，喜欢林叔叔。”孔若曦用手把嘴捂上说。

“小孩子懂啥？净瞎说。”关婷轻轻拍了拍孔若曦的屁股。

“真的，每次林叔叔接我，方老师都要和他见一面，她看林叔叔的眼神都不一样。”孔若曦像做鬼脸一样抛了一个媚眼，“这样儿的这样儿的。”

“你可真能演，要是这样儿的话，那你林叔叔就得被吓得嗖嗖跑。”关婷叹息了一声，“看来咱们娘儿俩是借了他的光，世上就没有无缘无故的事儿。”

“妈，我爸啥时候回来呀？”孔若曦小心翼翼地问。

“他？不知道呢，挣了钱就有可能回来吧，挣不着钱可能就回不来了，男人嘛，要面子，既然管不住，就随他吧。”关婷一听孩子问这个，打起了精神。

“不知道是不是想他了。这几天我总能梦见我爸，又看不清脸，就是个大影子，还怪吓人的。”孔若曦挠着头说。

“少想他，多想想林叔叔，这要是人家方老师来给咱当家教了，还真得感谢感谢林童呢，他岁数也不小了，到时候了。”关婷说完，起身关灯，“睡觉，明天妈妈还要上班呢。”

老白到了自家小区门口下车的时候，还不忘了叮嘱杨冰回家路上慢点儿开，因为坐她开的车感觉心慌。

“你们这些老司机是不是瞧谁开车都不爽啊？”杨冰翻了个白眼。

“还真不是，你心里跟明镜似的，知道鲁医生开车琢磨的事儿太多，容易出问题。自己开车就不知道自己脾气大？”老白转身乐了。

“哪有，不就是多按了几下喇叭吗？”杨冰又开始狡辩。

“拉倒吧，这也就是我才敢跟你说。咱俩都属于社会闲散人员，为了做公益跑去找居委会拉关系，又没有什么急事，你开得那么冲干吗？”老白摇了摇头，“难怪鲁医生说你性子急。”

“鲁一帆就是个碎嘴子，他瞧我哪儿哪儿都是毛病，总觉得我是没头脑，我看他像不高兴。”

“没头脑回去慢点儿开哈，你又不着急买菜做饭，哈哈，明儿咱还得接着跑呢。”老白拍拍她的车顶笑着说。

“明儿我早点儿来接你，鲁一帆说你那手得再复查一下，医生同意的话，我把方向盘交给你，反正这小破车自动挡，操作起来不像开你们一号车那么麻烦。”

“人老了连车都欺负我，我算是被小白彻底抛弃了。”老白低头看了看拆线后只能轻轻尝试回弯动作的手指，落寞地顺着夕阳进了小区。

杨冰往家开的路上心里怪不是滋味的，其实她和老白跑这几天，在各街道居委会并没有受到什么善待，老百姓对社会性急救没什么切肤之痛，即使跟他们说起我们国家官方数据每年意外死亡人数已经达到了三百万以上，他们也丝毫不以为意。仿佛这三百万人根本不是一个个活生生的人，就是这两人夸张的虚构数字，说五十万也行，说一千万也行。

平安日子过惯了的人，是很难有危机意识的。

在路上等红灯的时候杨冰还在琢磨，自己开车并不急呀，哪有老白说的那么毛毛躁躁，职业老司机就是事儿多，她一个受过高等教育的高素质精英，怎么可能在开车的时候发脾气。

就在这时，绿灯亮起了，杨冰一松油门，刚过斑马线，一个穿着顺达快递马夹的摩托车手骑着摩托车从车前冲了过去，杨冰赶紧一脚刹车踩住了，也忘了老白说她的话了，冲着那个置物箱上还系了个布娃娃的快递小哥就竖起了中指：“你是不是疯啦？急什么急？多悬哪？”

那个快递小哥没听到杨冰的吼声，径直扎进了马路对面的车流，自认倒霉的杨冰只能含恨捶了两下方向盘，在后面车的喇叭声中再次上路。

老白说得好像还真有些道理，自己可没鲁一帆在外面那种温文尔雅、谦谦君子的涵养，虽然不至于路怒，但看到不文明的交通行为内心肯定有气，杨冰觉得既然有气，在不造成严重后果的情况下不妨撒出来，如果这就是老白说的脾气，那无所谓啦。

杨冰放慢车速又过了一个小路口的时候，看见街边有个卖杧果的小贩，想到鲁一帆爱吃杧果和她做的那种卖相可疑的杧果布丁，就把车停下了，买了几个大杧果。

杨冰掏出手机付款时，路口那里有人围成了一个圈子，几个闲极无聊的中年妇女七嘴八舌、叽叽喳喳地不知道在说些什么。

“怎么了？”杨冰提着杧果问了一嘴旁边路过的人。

“有个送快递的倒那儿了。”那人说完也低头看杧果。

杨冰以为是车祸，结果过去一看，并非车祸，那个快递小哥就仰躺在路边，车子还被他停得好好的，置物箱上拴着的布娃娃十分眼熟，就是刚才抢红灯的人。

看热闹的老百姓围了不少，指指点点，议论纷纷，那小哥一动不动，杨冰看他下巴铁青，连忙扒拉开身边的人过去摘下了快递小哥的头盔，手一搭他右侧颈动脉，脸色变了："哪位帮忙打一下120急救中心电话，咱们在夕照街和青年路交叉口，就说有人心脑骤停。"

杨冰把快递小哥置于平躺的仰卧位，跪在他身体的左侧，一只手按住快递小哥额头向下压，另一只手托起他的下巴向上抬，让下颌和耳垂的连线垂直于地平线，帮他打开气道。

杨冰再摸左侧颈动脉，这快递小哥仍然没有反应，她只好用听鲁一帆讲了无数次的急救程序给对方先做人工呼吸。

杨冰一只手捏住快递小哥的鼻子，大口吸气，屏住，迅速俯身，用嘴包住患者的嘴，快速将气体吹入，这样反复了一分钟二十轮后，快递小哥还是没有恢复呼吸，杨冰又开始为这个刚才还被自己竖中指的家伙做胸外心脏按压。

杨冰沿着快递小哥最下缘的两侧肋骨从下往身体中间摸到那个叫敛容的交接点，以剑突为点向上在胸骨上定出两横指的位置，也就是胸骨的中下三分之一交界线处，找到了准确的实施点。

接着她一只手叠放于另一只手手背，十指交叉，将掌根部置于刚才找到的位置，依靠整个上半身的力量垂直向下压，尽量保持快递小哥胸骨下陷的距离为四到五厘米，她的双手臂伸得直直的，没有丝毫弯曲，压下后迅速抬起，在嘴里喃喃默念数字，将频率控制在每分钟八十到一百次之间。

"帮忙摸一下他的手脚，看是否有正常的温度。"杨冰一边满头大汗地做胸外心脏按压，一边抬头求助一个凑过来看热闹的小伙子，小伙子穿着运动短裤，像是刚跑完步，她见对方有所犹豫，脾气又上来了：“你一个老爷们儿，胆子咋这么小？快摸。”

“热乎哇，热乎的。”小伙子在杨冰的催促和众目睽睽下蹲下来摸了摸快递小哥的手说。

“伸手，摸一下他颈动脉，看有没有恢复脉搏，别愣着，伸手。”杨冰吼了一声。

“有脉搏，有脉搏啦。”被这简短两个动作搞得满头大汗的小伙子摸到快递小哥脉搏后，开心地叫了起来。

“我的天哪，这么累，救护车电话有人打吗？”杨冰一屁股坐到了地上，把手轻轻又搭到了快递小哥的颈动脉上问。

“打了打了，人家说马上往这儿赶。”一个花布衫大姐摇着手机说。

“难怪那家伙天天回家都不愿意说话，这活儿确实折腾人。”杨冰接过小伙子递过来的一包纸巾说。

120急救中心过来的是九号车，奉天成和柳旭等人扑过来观察的时候，快递小哥已经恢复了生命迹象，虽然未醒转，但看起来问题不大了。医护人员一见坐在地上的人是杨冰，都露出了庆幸的表情。

“得亏是咱急救中心家属，要不然这小子就挂了。”担架员和柳旭抬患者的时候，奉天成转头对杨冰说了一句才拉开车门。

“你们可真不容易。”杨冰拍拍车门由衷地说。

十九

鲁一帆当天只是提了一嘴知道杨冰救快递小哥的事情，然后就对她做的杧果布丁赞不绝口了。杨冰看他一脸得意吃东西的样子，知道自己这个喜欢压抑情绪的老公不晓得在外面怎么扮演低调呢，回家还是这副德行，气就不打一处来。

“你别吃了，我没做好。”杨冰抢过布丁就想往垃圾桶里倒。

“别呀，相当好吃，我不骗你，你也来一口。”鲁一帆夺过碗后，把小勺里的布丁塞进了杨冰嘴里。

“你咋那么烦人呢？夸我一句能死呀？”

“我这不是一直在夸嘛，心灵手巧，贤惠大方，说的都是你。”

“我是说你夸夸我救了个快递小哥。”杨冰踢了他一脚。

“哎呀，这事儿单位人全在夸你啦，我也都帮你虚心笑纳了，回家就不必夸了吧，咱俩这么熟，我觉得我老婆做出这么及时的反应，我自己一点儿都不意外嘛。”鲁一帆摊摊手。

“谁跟你熟？我其实吓死了，生怕自己技术不行。”

“当时肯定没有其他人比你更懂急救了，而且你需要做的是尽力，只要我们问心无愧，说句不吉利的话，即使人没救回来，你也是英雄。”鲁一帆拍拍杨冰的头说。

“我感觉你们才是英雄呢，柳医生平时蔫蔫的样子，到了现场指挥若定，乍一看还挺帅。”

“柳旭这小子呀，还真是块好钢，就是不能用急火淬炼。”鲁一帆想了想说。

即使柳旭早已是急救中心医护休息室里的异类，但最近经常坐在角落里发呆的他，还是成了人们议论的焦点。

副主任医师的人选考察计划已经启动，虽然没有明文昭示，大家也都知道了，此次考察，柳旭不在候选人之列。大家看他的目光开始复杂了起来，有同情的，有惋惜的，也有讥讽的和嘲笑的。

柳旭表面仍然看不出任何变化，正常工作出车，回来写报告，眼神冰冷严肃，完全没有年轻人的浮躁，却明显能感到拒人于千里之外。别人很难通过单纯观察了解他的内心世界。

把快递小哥送到医院，柳旭在回程的车上打开微信，汪姿阳给他发了一条语音，对方说自己考虑清楚了，还是分开吧。柳旭攥着手机打了个冷战，抬起头又是那副面无表情的嘴脸。

到底是进省城还是留在华丰市？这个问题其实已经不重要了，因为柳旭早已经在心里做出了决定。省城虽然机会多，可如果仅就急救专业而言，全省大拿级别的高手，无不唯鲁一帆马首是瞻，自己在他手下学习才短短几年已是获益匪浅，真要在上升期转换门庭，那才是得不偿失，对事业毫无进取心和责任感呢。

该给汪姿阳做的工作柳旭已经做了，能说的早就说透了，这会儿既然她也做了决定，那就彼此祝福吧。

那天晚上华丰市下了很大的雨，柳旭一个人开车绕着城市兜了半宿。

第二天的急救中心，柳旭又抱着本书缩在了角落里，仿佛昨天指挥若定和雨夜伤情的那两个人都与他毫无关系。

快到中午的时候，休息室外面乱哄哄一阵儿嘈杂，一号车的护士范恬过来叫柳旭，说鲁医生让他过去一趟，到了门口，柳旭看见两个小伙子拉着面锦旗，上面写着“急救中心，妙手仁心——顺达快递公司”。

鲁一帆的办公室里有一个戴眼镜的矮胖中年人，一见到柳旭连忙握手，还给他来了个大大的拥抱。

“多谢柳医生，谢谢您救了我兄弟一命。”胖子显得十分激动。

“柳旭，这位是顺达快递公司彭总。”鲁一帆起身给柳旭介绍说。

“应该的。”柳旭不卑不亢地点点头。

“以后有啥用得着我们的地方，您尽管说话，咱干快递的没别的能耐，干活儿利落兄弟多。”彭总豪爽地一挥手。

“彭总，您不必客气。”柳旭摇摇头，“我们不需要支援。”

“话也别说得那么绝对嘛。”鲁一帆给他使了个眼色，转头对彭总说：“您之前说，快递小哥们的医保都由你们公司全权负责，自己提心吊胆，怎么？出过事儿？”

“唉，兄弟多有兄弟多的麻烦，这不，一夏天，光中暑的就有十来个，车祸统计量的数据更是颇为惊人。跑快递的兄弟们，每天工作量都有12个小时，这12个小时完全是高速运动在路上，健康状况虽然看着不错，可是意外总是难免。”彭总叹息道。

“那可得悠着点儿，高强度的工作环境中，急性疾病一旦发作，可不是闹着玩的。”鲁一帆点点头。

“可不是咋的，这次是多亏了你们急救中心，才救回来一条命，他要是真挂了，我这责任可就大了，我们是一家全国布局的企业，外地也不是没有过先例，区域老总摊上这事儿，下岗赔钱吃官司，这还要谢谢柳医生，给我也抢了条活路。”彭总千恩万谢。

“杨大夫功劳更大，是她在路上偶然发现患者发病，并且第一时间做出了处理，杨大夫是鲁医生的夫人。”柳旭谦虚地说。

“哟，还有这一出呢？我真不知道，多谢嫂子了。”彭总把鲁一帆的手拽过来就是一顿猛摇。

“彭总，你有没有考虑过，在公司里进行一些基础的急救治疗培训哪？这样既可以自救，也可以救人。”鲁一帆也配合着彭总猛摇手臂。

“这个嘛，能不能容我考虑一下？”彭总的热情瞬间降了下来，快递小哥送快递，救人这事儿不好应。救成了，当然是皆大欢喜，救不好，甚至把人给救死了，出什么问题谁来担责？

“行，您考虑，您多考虑考虑，回头我和柳旭做东，咱找个地方坐一坐，好好聊聊这事儿。”鲁一帆笑眯眯的样子，让身边的柳旭发现自己这位恩师，其实绝不仅是个专业大拿，社交技巧也明显很强。

送走了彭总，鲁一帆没来得及和柳旭沟通，而是径直跑到了孙主任的办公室，他跟孙主任开门见山地说了自己的想法，他想撬动市里的急救医疗团队，联合像顺达快递这样的企业进行社会化急救普及培训。

孙主任没有他想象的兴奋，在听完了他的意见和想法后，把眉头拧得很紧，开始了思考。

近几年来各级管理部门对急救中心的支持和投入力度是非常大的。

现在鲁一帆提出向社会层面普及急救医疗知识，全民营造一个能够及时人救人的互助互救体系固然是善莫大焉，可如果施救措施不当出了意外，问责追责谁受得了？

“老大，我知道你在犹豫什么。黄金四分钟有几个人能等到咱们车过去？快递小哥是啥人？他们是城市血液，咱华丰这些年经济环境之所以能迅速改观，全得仗着他们跑得快，比我这个鲁小跑快多了。”

“人家没答应你，不也是要考虑考虑风险嘛。”孙主任看着在他面前急得直跳脚的鲁一帆摇头叹息。

“碰钉子这种事，我早有预感，可不能因为受到阻力，咱就无所作为，就单拿胸外压和海姆立克法来说，有多少国人真正知道？连知道都不知道，怎么用啊？我都不强求别的，哪怕快递小哥能在他家属生命危急的时候救自家人一命，这条命，也是挣来的。”

“唉，我可真拿你没办法。如果那边同意，就先试试吧。两点，一定要做到。第一，培训要具体深入，长期坚持，系统没有建立完备之前，别给急救中心添乱。第二，进入正常操作后，这些义务急救员遇到情况必须先跟120指挥中心沟通，确定伤患具体情况，有针对性地进行施救。”孙主任想了想慎重地说。

“可以，这些没问题。”

“培训团队得你来主抓，沟通机制你来建立，你确定要揽这摊子事儿？”

“我不能因为怕揽事儿而不正视初衷吧？”鲁一帆咧嘴笑了。

“好吧，形成方案，我原则上支持你立项。”孙主任点了点头。

二十

家里已经许久没这么热闹过了，林卫国坐在沙发上看着身边鼓捣玩具的孔若曦，一脸慈祥的笑容。

关婷特意把休息日和林童的休息日调整到了一起，带着方糖和孔若曦来了这边看望老爷子，顺便再给他们爷儿俩包些饺子冻上。

近些日子以来，关婷省了不少心，她总算可以放心上班了，因为接送孩子都是方糖负责，方糖会把孔若曦带回自己家，给她进行一对一的辅导，关婷晚上再到方糖家把孩子接回来。龙城花园的房子确实大，方糖家的条件也不是一般的好，关婷不知道这姑娘看上了林童哪一点，但可以肯定的是，如果林童和方糖真能成为一对，绝对是男方高攀了。

冲着方糖对孔若曦无微不至的照顾，关婷决定努力帮助她了解并且接近林童。两个人在闲聊时，关婷在话里话外把林童种种优点都说给了方糖，在聊起这些时，关婷才发现，自己以前居然没有意识到，林童身上亮点这么多。

这不，一听说自己要去林童家里看爷爷，方糖马上就问能不能把她也带去，毕竟尊老和爱幼一样，都是有心者为之的事情。其实关婷又怎么会不知道，方糖把尊老爱幼运用在了林卫国和孔若曦身上，目的都是林童。

既然是顺水推舟的事情，关婷就在出发时叫上了方糖，方糖开车到了林卫国和林童家时，林童一下怔住了，两个人因为在帮助关婷这件事情上有心照不宣的默契，所以尴尬很快就变成了融洽。看得林卫国满心欢喜，和关婷打听方糖时也格外留心。

大人们心里都有事，只有孔若曦的快乐是单纯的，她趁妈妈包饺子，老老爷爷打下手时，拉着林童和方糖就跑出了门，想去附近的一个小公园玩一玩。

出了小区，方糖看着自己手中的那只小手，再看看孔若曦的另一只小手牵着林童，不禁低头笑了起来。

“你笑什么呢？”林童现在不称呼她为方老师了，开口时也没了那么多蓄意的客套。

“就觉得……挺有意思的。”方糖看着一路上又蹋又跳的孔若曦说。

“有啥意思？”林童电话响了，他一边摸电话一边问方糖。

“你看，像不像……”方糖欲言又止。

“范护士你说……啊？好，我马上打车过去。”林童挂上电话，撒开孔若曦的手蹲下对她说：“叔叔现在得去趟单位，你们做好饭一定要等我回来吃。”

“怎么？出事儿了？”方糖知道急救中心工作的特殊性，连忙问。

“不知道，就说开大会。你俩先玩，玩完了回家等我吧。”林童说完就要走。

“你等一下。”方糖从小包里拿出车钥匙说，“别打车了，你开我车去，来回路上会快一些。”

“好吧。”林童犹豫了一下接过了车钥匙，上次关婷做完饭就把若曦带走了，居然没有等他，让他非常失落，这次车在自己这里，除非事情特别麻烦，否则一定能赶回来和她们一起吃顿饭。

鲁一帆在大会议室看人来得差不多了，就打开了准备好的幻灯片，上面只有一张华丰市地图，地图上涂着几个坐标点。

“人差不多到齐了哈，有人在当值，有人在休假，时间都挺紧，咱也别废话，直接进主题。”鲁一帆用手中的激光笔一指地图，“华丰市第三届秋季马拉松比赛下周开赛，咱们急救中心得过去设点，前二十编号的单数车除了三五七九每十公里一辆执行医疗戒备外，其他车辆在执行其他任务时不得偏离赛程线半径三公里。”

“今年咋这么严呢？”奉天成问。

“柳医生没和你分享一下新闻吗？”鲁一帆原本今天也放假，穿了身休闲装，松松散散歪在椅子上，显得没那么严肃和正式。

“邻省马拉松比赛出事了，由于主办方大意，导致多名选手严重脱水，还死了个人。”正在画路线图的柳旭听见鲁一帆提到了自己，马上抬头说，“我以为这事儿都知道了呢。”

“我平时不咋看新闻。”奉天成往后一仰，“哦，他们出事儿，咱就得提高戒备等级呗？”

“主办方没说提高戒备等级，但是上面把邻省的事儿当警钟敲了，体育口，医疗口，安保口……反正各个系统吧，老大们都被念叨了几句。”鲁一帆学着孙主任讲话的样子，“未雨绸缪啊同志们，出了事儿就晚了，不要指望我给你们擦屁股。”

“呵呵。”坐在后排的范恬没憋住，笑出声来。

“很可笑吗？那是人命。”柳旭转身瞪了后面一眼，虽然他并没看清是谁笑的。

“行了行了，警钟长鸣是对的，但也不要过于制造紧张气氛。柳旭，你的弦得适当松一松，事情来了咱不躲，事情没来也没必要怕。”鲁一帆摆了摆手，指着投影仪画面，“地理位置我都标好了，到时候我们一号车会在终点随时指挥调度，柳旭你们九号车在我前面一个点位，别在车上等，三十公里基本就到了业余运动员极限了，你观察一下他们的反应，及时和供给站沟通，发现有隐性异常马上向我汇报。”

“好。”柳旭点了点头。

散会的时候，其他待命车辆回各自休息处继续等任务了，鲁一帆看看留下来的一号车成员，特别是坐立不安的林童，皱了皱眉，但没有理他，安慰起了低头不停抠手指的范恬。

“不要在意柳医生的态度，急救医生和心外手术室医生是不同的，这帮家伙经常连病历都看不着，一旦启动了业务模式，真是谁都顾不上谁的情绪，你看我平时出任务，不也是那副急赤白脸的鬼样子嘛。”

“是我不对，不应该在这么严肃的场合笑。”

“这哪里严肃了？是他神经绷得太紧了，只要计划得当，确保应急预案发挥最大功效，完全可以从容应对嘛。”

“嗯，谢谢你鲁医生。”

“你咋的？憋尿赶紧去。”鲁一帆对林童的态度就简单粗暴多了。

“我不是……我今天能不和大伙儿一起吃饭吗？”

“这又不是硬性规定，之前说请你们，是怕大伙儿加班累，既然我比你们挣得多，买单也买你们念我个好儿，有事儿忙你的去，我们仨吃去。”

“好嘞，拜拜。”林童喜出望外，从椅子上一蹿老高，夺门而出。

“鲁医生，我也不待了，媳妇今天在娘家呢，我从那边过来的，这会儿正好回去吃饭。”大军憨厚地笑笑站起来说。

“去吧去吧。”鲁一帆摆摆手说。

“那我也回去了。”范恬拿起身边的包说。

“你别急着走，正好他们都走了，我得跟你单独说点事儿，街角斗牛士西餐厅，我请客，咱俩好好唠唠。”鲁一帆深深地看了一眼范恬说。

华丰市的西餐厅不多，而且大多不正宗，由于鲁一帆在美国待了几年，斗牛士又开得离急救中心比较近，所以每次来吃的时候，都会提些小意见，这里的服务员基本上全认识他，见鲁医生带人来，赶紧给领到一个幽雅的小包间。

“就这样吧，不急着上前菜，我们聊几句天儿。”鲁一帆把菜单递还给服务员后，转头突然问范恬：“田洪涛是你父亲吧？”

“啊？”正在整理餐具的范恬叉子都掉地上了。

“我故意吓你的。”鲁一帆帮她捡起叉子交给在一旁也吓了一跳的服务员，让他出去换餐具，自己又转身对范恬说，“救护车虽然不需要搞政审，但是我和谁坐一辆车里指挥重要医疗戒备，这我得心里有数吧？”

“对不起，鲁医生……我……”范恬嘴唇都哆嗦了。

“为什么说对不起？”

“我不应该隐瞒家庭背景。”

“哎呀，这都不重要，我虽然是个唯物的无神论者，但多少还是相信一些人间缘分的，你和咱一号车有缘，不然怎么会那么顺利就见了你父亲呢？”

“他罪有应得，谢谢你们，鲁医生。”范恬接过鲁一帆递过来的面巾纸擦着眼泪抽泣说。

“既然做了调查，我不妨告诉你，你的事情，我都清楚了。田洪涛跟那个女人在一起后离开你们母女，你改了母姓，几次落榜最后上了护校，在朝阳医院心外手术室你心高气傲，和同事格格不入。”鲁一帆笑笑说，“好在你从未因个人情绪耽误过工作。”

“鲁医生，我当初虽然不太满意自己只能上护校，但毕竟也是背过南丁格尔誓言的。”范恬被鲁一帆层层扒皮一样的揭底，激起了逆反心理。

“很好，你知道自己身份就好。我相信以你的心机，即使没进急救中心，没上一号车，也会挖空心思去探视你父亲的。”鲁一帆见杨冰教他的话起了作用，不禁有些得意，“诸事不论，你得把小心眼儿多用在工作上。我听说他快要出院了，根据公诉人建议，警方会对他进行一轮心理评估，我让你嫂子带你再看看他。”

“不用，他没死就好，该怎么判决怎么判决吧。”范恬咬着下唇说。

其实在知道范恬身世时，鲁一帆也吓掉了筷子。

原来那次在老白病房跟范恬沟通一次后，杨冰就觉得这小丫头不对劲了，她怀疑范恬火线进入急救中心的目的不纯。

最开始她以为范恬是奔着鲁一帆来的，毕竟急救专家鲁医生在华丰市整个医疗体系里都算是专业大拿，有那么几个仰慕者太正常了。可杨冰和她聊完回家用自己的专业思维一复盘，发现还真就不这么单纯，范恬的表现跟男女情感无关，那目的就可疑了。

为了避免因为信息疏漏造成重大隐患，杨冰开始帮鲁一帆排雷，她随便让几个学生查一下范恬的底，结果让杨冰大跌眼镜，田洪涛，那个和情人因为一段孽缘而酿成悲剧的犯罪嫌疑人，居然就是范恬的生父，所以一切都解释得通了。

杨冰告诫鲁一帆，范恬再不加强管理，就容易过高估计她自己的小聪明，日常行为倒还好说，如果是工作行为，那就糟了，他们这工作跟别的工作不一样。

鲁一帆知道后也考虑过如何处理范恬，但他不认为范恬有什么大错，鲁一帆习惯了做事直奔主题，快刀斩乱麻，根本没用之前杨冰给他出的那套循序渐进的主意。回去跟杨冰一说，杨冰叹息一声：“有点儿人格魅力的人就是肆无忌惮。”

二十一

田洪涛是在范恬13岁那年出轨的。

田洪涛当时40多岁，生意做得小有成就，手头的钱多了，花花肠子也就多了，在外面欠下不少风流债。

范恬的妈妈范玉荷并不好惹，对花心老公绝不原谅，带着女儿就出去单过了，甚至不惜给原本叫田恬的女儿改了随她姓。

上一辈两口子的离婚官司打得鸡飞狗跳，一折腾就是好多年，也耽误了孩子的学业，害得范恬考了几轮才考上护校。等彻底完结的时候，她都已经进了朝阳医院心外科手术室了。

田洪涛的生意越来越不好，在两个女人之间的纠结也让他丧失了当年的意气风发，变得越来越阴郁，越来越怨天尤人，直到后来悲剧发生，情人惨死，自己中枪。

为了能见父亲一面，看看他真实状况，范恬紧急申请调动到急救中心，想再找关系以工作为由过去探视，这样既不会让恨透了父亲的母亲失望，也算尽到了做女儿的责任。可是她没想到自己会这么幸运，直接上了一号车，并且毫不费力地跟着林童见到了田洪涛。

田洪涛罪不至死，却需要对自己的行为付出高昂的代价，对范恬来说，这已经算是最好的结果了。

范恬自以为这事儿神不知鬼不觉就过去了，却还是低估了杨冰的观察力和鲁一帆的掌控力，人家把她的小心思和小动作都看在眼里。在接下来的日子，她不能出半点差错，以免让鲁一帆觉得她有情绪。

范恬和妈妈范玉荷住在一个小服装店商铺的楼上，范玉荷每天打开门做生意，范恬不忙的时候也会跟着照顾一下店里，母女俩家里虽然没有男人，但是日子过得比上不足比下有余。

商铺在一条街的转角，是多年前房价还低，田洪涛也还靠谱的时候，和范玉荷一同买下的，做生意讲究金角银边，地理位置不错的店面，自己开买卖有底，不想开了租出去也能收笔好租子。

在小店门口每天都会有个早点摊，炸油条、蒸包子、煮茶叶蛋，一大早就能招来不少人，这也省得娘儿俩跑太远去吃早餐了，推窗户一喊就有人送过来。

这天范玉荷还真没喊人家卖早点的给送过来，而是自己提前下楼琢磨先吃一口，然后再带上来点儿给休假在家的范恬，让她能多睡会儿。虽说头一天晚上范恬把今天要去关婷那边的事儿跟妈妈讲了，但时间没卡那么严，又不是什么救命的大事儿，能多赖会儿床就让孩子多赖会儿好了。

那个摇摇晃晃的男人到服装店半掩的卷闸门疯狂开砸时，

范玉荷刚咽下半个包子，看砸自家门，起身喊了一句，没想到男人顺着她的喊声就过来了。

“你是范玉荷吧？对，就是你。”明显宿醉未醒的男人喷着酒气指着范玉荷问，“说说吧，这钱咋赔？”

“赔啥钱？我赔你啥钱？”范玉荷喝了口鸡蛋汤才把气儿缓过来。

“你家老爷们儿祸害我妹妹十来年，还把她给弄死了，我是不是得找你来赔钱？”男人坐到了范玉荷面前的桌子对面，像电影里黑社会谈判一样猛砸桌子，把碗都给砸掉到地上了。

“你干吗的？大早上起来上这儿来耍酒疯，滚滚滚。”早点摊的摊主见是来找范玉荷麻烦的，天天在人家门前做生意，感觉得帮着托一把，拎着个捞馄饨的笊篱就过来了。

“我家和他家的事儿，你多什么嘴？”醉汉又拍了一下桌子。

“我不认识你，再说我和田洪涛已经离婚整六年了，他的事儿跟我一毛钱关系没有。”范玉荷在这条街上是个体面人，她不想因为这个不知所谓的人浪费口舌，说清楚后，站起身就准备回家。

“等会儿，你别走，这事儿咱得唠唠。”醉汉扶着桌子往起站的时候，整个身体的重量都压在简易餐桌上，桌子翻了，人也倒了。

“起来，今儿不赔钱我弄死你。”摊主一看桌翻了拽着醉汉的衣服就往起拉，没想到被醉汉反拉倒在了地上。

范玉荷一见打起来了，连忙过去拉架，她倒不是为了那醉汉，而是觉得早点摊的摊主这些年抬头不见低头见，事儿又因为她起来的，不管不顾不像话。

两个人在地上没头没脑地往前滚，范玉荷哈不下去腰也伸不出手，只能跟着往后退，谁也没注意到这战团已经接近那口滚开滚开的油锅了，等围观者尖叫出声的时候，范玉荷身子挤翻了临时搭建的灶台，油锅里的滚油倾泻而出，洒了范玉荷半身，把地上两个扭打在一起的男人也烫得顾不得对方，早点摊乱成了一锅粥。

有人打电话给110，有人打电话给120，还不知道发生了什么的范恬听到母亲的尖叫声后才穿着睡衣匆忙下楼，一看这场面，确定母亲大面积烫伤，顾不得周围众目睽睽，把早点摊上的整桶凉水都倒在了她的身上，又脱下睡衣往范玉荷身上一遮，自己穿着内衣就往药店跑。

范恬做出来的这一系列动作，快到让周围的人眼花缭乱，等她从药店冲回来往范玉荷嘴里塞药，身上抹药的时候，另外那俩手和脸都被烫伤了的男人还分头躺在地上不停哀号呢，范恬给他们各自扔了一瓶烫伤药膏。

柳旭下车的时候，重伤患者范玉荷已经进入昏迷阶段，跪在地上的范恬一边流眼泪，一边细致地给母亲身上涂药。

简单观察并且分析过现场情况后，柳旭告诉另外两个伤情不重的男人赶快去就近的人民医院，让奉天成和一名担架员把范玉荷抬上车，这才转过头来问范恬："她是疼晕过去的吗？"

"不是的，我用几种药物混合让她药理性昏迷，为了减轻她的疼痛。"

"你用什么药了？上车说清楚。"柳旭一皱眉。

"柳医生，您不认识我了？我是急救中心一号车护士范恬，前几天咱们还在一起开会。我以前在朝阳医院心外手术室工作，做麻醉护士，知道哪些药成分组合在一起可以让人药理性昏迷。"上车后范恬看着柳旭检查母亲身体蹲在一旁说。

"你跟鲁医生车的？"柳旭在车动时抬头看了她一眼，"对不起我脸盲，基本情况详细说一下。"

"我当时没在现场，事情出了之后，听见声音才跑出来的，距离很近，在事发大概不足两分钟之内就到了，根据围观人说，当时那两个人不知为何发生争执，我母亲在劝架过程中不慎把油锅撞翻了，腰背部出现了大面积烫伤，接近30%。我下来得快，应对还算及时，无生命危险……"

"清创镊子。"柳旭一伸手，随车护士已经把东西递到了他手上，"你的几种药物混搭，会有什么副作用知道吗？"

"对肝脏会有些影响，但当时没办法了，没有麻醉针剂，我母亲因为体表疼痛很难处于静止状态。"范恬抿着嘴说，"她去年体检时，肝功能正常。"

"你既是现场处置人，又是家属，还在我们急救中心工作，一些程序上的问题咱就不需要再重复了，希望你配合一下，把情况都写下来做个备案，也让下面的工作方便展开。”柳旭示意随车护士给范恬找来纸笔。

鲁一帆原本也是趁着假期在家里睡懒觉，却被奉天成的电话给吵醒了，他以为九号车出什么事情了，当知道是范恬的母亲被滚油烫伤后，几乎被震惊了，问清楚在人民医院后，让杨冰开车拉着他就赶了过去。

处置室里，人民医院的急救医生在柳旭的帮助下还在进行紧张忙碌的工作，范恬这会儿才开始害怕，战栗得像一只受伤的小兔子，蜷缩在处置室外的长椅上，只披了件柳旭给她找来的外套，抱着肩膀不停流着泪水打哆嗦。

杨冰一看范恬的样子过去就把她搂在了怀里，用眼神暗示鲁一帆不要打扰她。鲁一帆凑到奉天成面前，两个人小声在角落里交流了一下，由于救治已经展开，他又不在工作状态，鲁一帆只能徘徊在处置室的门口，焦虑地看着头顶的工作灯。

“凡事得往好处想啊，养儿千日，用儿一时，要不是家里有你这么个急救护士，阿姨可真是遭了大罪了。”杨冰劝着范恬。

“我当时，我当时都没敢过脑子，这到底是为什么呀？”范恬像抓着救命稻草一样抱着杨冰。

“这时候你可千万别多想，鲁一帆常说，越在紧急关头危急时刻，越要听从本能，不过脑子就对了，先把人在自己能力范围内救下来，其他等一切尘埃落定再说吧。”

“有柳医生在，问题不大，我听说烫伤面积30%左右，可以说是不幸中的万幸了。”鲁一帆绕了几圈后，也过来劝范恬。

“这我都知道，可是，她太遭罪了，一天福都没享过。我家里……唉。”范恬靠在杨冰肩膀上泪如涌泉。

“她已经享福了，你这么懂事，鲁一帆天天回家夸你业务能力强，你可是他和那辆一号车最值得依赖的战友，阿姨有这么个闺女，跟亲戚朋友讲起来可是太有面子了。”

“我听老奉说，情况乐观的是，没有伤及主要关节，这样恢复起来不会限制正常的生活行动能力，烫伤最怕伤后恢复过程中的感染和行动受限。”鲁一帆还在认真帮范恬往好的一面分析她母亲的伤情。

“所以我说多亏了孩子处置得及时呀，这要是我摊上这事儿，非手忙脚乱抓瞎不可。”杨冰轻轻拍着范恬的背说。

处置室的门开了，一头细密汗珠的柳旭擦着眼镜走了出来，他见鲁一帆到了并不意外，急救中心的人全知道，鲁一帆是出了名的热心肠，只要是急救中心的家人出了事儿，他都会第一时刻赶到现场，和院方包括自己团队负责救治的人沟通。用他自己的话来说，靠山吃山靠水吃水，咱搞医疗急救的挣不着什么钱，自己家人出事儿就得群策群力，利用手头资源和技术寻找最佳处理方案。

“怎么样？”鲁一帆迎了过去。

“你那几样药用的比例不对，伤者目前还没有醒，如果有肝损伤的副作用，这个急救中心和人民医院都概不负责知道吧？”

柳旭没有理鲁一帆，径直对还靠在杨冰身上的范恬说。

“这么严重吗？”鲁一帆皱眉问。

“后果还是要说清楚的，毕竟需要和家属明确责任。”柳旭冷冰冰地说。

“你吓唬她干吗？”杨冰瞪了柳旭一眼。

“我没吓唬她，我实事求是。”柳旭被杨冰的出言警告搞得满脸尴尬，转向鲁一帆解释。

“你说得对，既然家属做出了第一步的应急处理，相关责任就要明确。”鲁一帆拍了拍柳旭的胳膊表示了自己的支持和鼓励。

“我……”范恬看看眼前的两个男人，不知道该如何是好。

“你也别担心，对自己的专业能力和应急手段要有自信，现在一切都是未知，平常心，不要往坏处想，也不能盲目乐观，就像柳医生说的一样，实事求是。”鲁一帆对范恬点点头。

“你真的处理得很好了，接下来交给医生。”杨冰攥着范恬冰凉的手指揉搓着说。

“肝功能急性损伤的问题很严重吗？”鲁一帆见杨冰开导范恬，把柳旭拉到了一边问。

“结果还没出来，具体情况不知道。”柳旭摇了摇头。

“那你说得这么吓人？”鲁一帆长出了一口气。

“不是你跟我们讲过，任何时候都不能过于乐观，特别是在家属已经做出了先于我们的首轮急救动作的情况下，不要把急救中心和自己都置于危险之中吗？”柳旭也拧紧了眉头。

“她……范恬是咱自己人，你……你变通一下嘛。”鲁一帆瞪了柳旭一眼。

“怎么变通？”柳旭怔了。

“算了。”鲁一帆挥了挥手。

范玉荷醒来的时候，肝功能检测也已经出来了，事实上她的肝脏并没有受到损伤，由于平时经常锻炼，肝脏排毒功能好，也是因为不怎么吃药的原因，所以抗药性差一些，才被混合药物麻醉这么久。

二十二

华丰市一年一度的秋季马拉松赛事如期举行，在鲁一帆协调管控下，医疗戒备方案执行得严谨周密。天公作美，秋高气爽，凉风习习，整个赛事中，仅出现了不到十人的轻度脱水现象，大多是逞能导致的。赛事收尾时，雨云开始聚拢，救护车队都围合到了终点，准备简单开一个沟通会就各自回去。

林童刚开完会，就见方糖正搂着孔若曦等在车队边冲他招手。林童和鲁一帆打了个招呼，得到首肯后，几个箭步就蹿到了她们面前。

“你们咋来了？”林童笑着问。

“我们早就来了，看了半天比赛，见你们忙完才过来的。”

方糖给孔若曦擦擦嘴边的棉花糖渍说。

“那车是我的，帅吧？”林童指了指一号车说。

“这小家伙目的就是想来看看你的帅车。”方糖想想问，“能上去看看吗？”

“当然不能，救护车不能随便上。”林童连连摆手。

“你也别那么死板，来，孩子，叔叔带你看看。”鲁一帆从身后拍了拍林童，牵起孔若曦的手说。

“鲁医生，这不合适吧？”林童抢前拦了一下。

“我正向社会普及急救知识呢，但愿他们这代的中国小孩，每一个都能对这方面有所了解，简单看看不怕的。”鲁一帆说着拉开后面的门，开始向孔若曦解释各种急救设备的用法。

“你们老大？”方糖在后面吐吐舌头问。

“都怪你俩，非跑来看热闹。”林童气急败坏地说。

“怪她怪她别怪我。”方糖嘿嘿一笑说，“孔若曦小朋友要来视察工作，我有什么办法？”

“她这几天乖不乖？”林童看着在鲁一帆怀里求知若渴的孔若曦问方糖。

“挺乖的。不过你可不算乖哈。”方糖咬着嘴唇说。

“我咋了？”林童扭头看了看她。

“咱俩说好你把假期时间都给我，可我带孩子这些日子，净见你忙来着，上周要开会，这周又出任务。”方糖警惕地问，“你们单位该不会是没假期吧？”

“特殊情况，而且我也可以调休的。”林童自知理亏，挠挠头说。

“反正你要注意了，不能老是放鸽子，把本小姐惹毛了，就开始让你折现，把你老婆本都给你折没了。”方糖假装气呼呼地说。

“我保证，最迟下周，肯定抽出一天时间来，带你们逛街看电影。”

由于第二天林童需要早上接鲁一帆一起到市卫健委开马拉松比赛的汇报会，当晚他把一号车开回了自己家住的小区。林卫国下楼时，特意围着车身转了一圈，看到这辆神气十足的白色战车，又跑到外面给孙子买回了一只熏鸡以示奖励。

林童根本没吃出来熏鸡的香味儿，他的心思不在车上也不在吃上，脑子里全都是关于方糖的一些想法，貌似这位女老师跟自己是越走越近了，这让他感到有些期待，又有些忐忑。

参加工作的时候，林童年纪还小，非常向往师傅孔宪哲的生活，认为像关婷那样的女人才是最好的女人。这些年来，关婷的隐忍和韧性都让他感到既敬重又安全，这也让林童在情感上对年长稳重的女人有了偏向，可是方糖青春活力，一旦脱离职业状态，完全就是个任性的女孩，林童怕自己难以适应。

晚饭过后没多久，外面就开始下雨了，林童百无聊赖地躺在上铺，翻来覆去睡不着，正在他打开方糖的朋友圈准备刷一刷她平时状态会怎样时，方糖突然发来了语音通话，吓得林童差点儿把手机扔出去。

“睡了没？”方糖的声音听起来仿佛有些不悦。

“没睡呢。”林童连忙说。

“哦，今天婷姐好像生气了。”

“为什么？”林童坐了起来。

“她跟楼下的保安吵了几句，还和我说，尽量以后和若曦回她那边补习。”

“啊？”林童不明所以，连忙追问，“你们两家离得不是非常近吗？在哪边不一样？”

“唉，我认为一样的，婷姐可能觉得不一样吧。”方糖知道，龙城花园的保安向来势利眼，关婷又过于敏感，起冲突是可想而知的。

“那咋办？”林童也不知如何是好。

“能咋办？顺着她的意思吧。”方糖叹息了一声。

“你要不痛快，我可以当你的出气筒，要打要杀尽管来。”林童想了想说。

“我傻呀？那不还是我吃亏？行了，你早点儿歇着吧，明儿还得开车呢。”方糖说完就把通话挂断了。

林童想给方糖发句对不起过去，但是微信消息上，方糖先说话了，只有五个字：我不傻，你傻。

“是不是那天来的那个方老师？”林卫国从下铺起身，把头伸向了上铺。

“哎呀我天，你黑灯瞎火伸个脑袋上来，吓我一跳。”林童确实被吓了一跳。

“我看那姑娘不错，长得白白净净，说话慢声细语，又有礼貌又懂事，我挺满意。”林卫国坐回了下铺喜滋滋地说。

“你满意你娶回来，我跟她叫奶奶。”林童没好气地说。

“小兔崽子，净在这儿胡说八道，我告诉你，我都听关婷说了，这姑娘对你有意思，你错过机会，我饶不了你。”林卫国抓起身边的痒痒挠，捅了捅上铺说。

“八字还没一撇呢，都添什么乱哪？”林童听爷爷说关婷也知道方糖的意思，心里有点儿乱，翻个身面向墙壁，“别捅咕了，睡觉了，明天还有事儿呢。”

半夜时分，一道闪电刺破苍穹，亮如白昼的光芒消失没多久，楼下就响起了消防车的警报声，林童从上铺坐起，看了看手机，上面显示着此刻正是凌晨三点半。

“雨还下着呢？哪儿着火了？”林卫国睡得迷迷糊糊，随口问了一句。

“不知道，像是往西郊那边去的。”林童跳到了地上，光着脚板到窗子那边看了一眼，一辆消防车正顶着暴雨奔城西方向疾驰。

“你那么紧张干啥？人家消防队的车。”

“听动静睡不踏实。”林童正解释着，手机嗡嗡振动，鲁一帆的电话打了进来，他马上接起：“鲁医生你说……嗯，我刚刚看到消防车好像往那边去了……我马上出发。”

“干啥去？”林卫国感觉事情不对劲了，从下铺起身问林童。

“西一郊药业有个车间塌了，砸伤了里面加班的工人，我得马上出车。”林童一边解释着一边又穿上了那套晾在卫生间的湿救护服。

“你别着急，带把伞再走。”林卫国起身给林童找雨具。

“不用啦……”林童说这话的时候，人已经在楼道里往下一层蹦了。

“你小心点儿啊。”林卫国也顾不得邻居们都在安睡了，冲到门口大喊了一声。

雨夜的大街空荡荡，林童第一次把一号车飙到了极速。车到西一郊药业大院门口，两个消防员正在拉一条警戒线，林童就不能再往里开了，他看了眼手表，凌晨三点四十六分，一个领导模样的人对着电话正在吼。林童打开车门时，听到他好像在叫支援。

“你好，我是急救中心的一号车驾驶员，我们领导正在路上，请问里面现在情况怎么样？”林童想在鲁一帆和其他同事过来前先了解一下情况。

“现在情况很危险，谁都不能再往里进了。”一个瘦高个子消防员显得十分紧张，时不时转身看着院子里面。

“还跟他唠啥？赶紧回去，按照我的部署给大库继续降温。”那领导扒拉了瘦高个子消防员一下。

“好的方队。”话音刚落，这名消防员连同他的战友就像两支离弦的箭一样蹿进了院子。

“通知鲁一帆增派救护车，和他说，西一郊药业给出的信息不准，现场情况极其危险，坍塌的是乙醇车间，就在大库隔壁，大库里全是生化原辅料，一旦发生意外，后果不堪设想。”方队说完也要往院子里面跑，想了想突然停住警告林童：“里面搞不好是会爆炸的，你守在门口，除了消防员，天王老子都不能进，会死人的，明白吗?”

“明白。”正在拨电话的林童重重点了点头。

鲁一帆坐在副驾驶上不停催促和他一样穿着睡衣的杨冰，他们也是半夜被电话紧急叫醒的。指挥中心接到求救电话是在凌晨三点二十五，西一郊药业的现场负责人告诉120话务员，倒塌的车间正在加班赶一批货，里面有二十多人，具体伤亡情况未知。

鲁一帆接到指挥中心当值主任的电话就马上推醒杨冰往外走，他当时了解的情况也都是初步简短的碎片信息，但凭经验知道事情有可能会闹大，立刻通知林童往那边赶，作为移动指挥中心的一号车必须尽快抵达现场，其他几辆值勤救护车也均在往西郊事发地赶。

林童到达现场后给他打的电话提到了几个关键信息点，让鲁一帆感到事情没那么简单，乙醇车间是易燃的，生化原辅料大库是易爆的，而消防中队的方队长是鲁一帆老朋友了，他们经常在各种事故现场碰面。如果林童没有添油加醋，那就是西一郊药业的人有所隐瞒。

只是房倒屋塌的话，抢救里面的死伤人员对于这两个单位都不是什么棘手的大事，无论方队长和鲁一帆谁先到现场，都会做出简单的救援任务分配，消防中心拆房子清障，急救中心往出抢人。现在方队长说有危险，不让急救中心的人进，那么事情很可能会是灾难级别的。

鲁一帆当即做出决断，一边用杨冰的手机通知几辆能通知到的未待岗救护车，一边用自己手机打电话给孙主任，让他也有个心理准备。

“什么情况了？”鲁一帆到现场后，只见院子门外停了一大两小三辆救护车，急救中心的医护人员、担架员和司机都在看着消防警戒线面面相觑：“一个伤者都没出来？”

“没有，刚才又进去四辆消防车，方队长说不让咱的人进，出了乱子会死人的。”林童见鲁一帆来了，有了主心骨，抹了一把脸上的雨水，迎上前去。

“拿死人来吓唬急救中心？亏他老方想得出来。”鲁一帆上前就想去撕消防警戒条，刚巧被出来的方队长看到给拦了下来。

“鲁医生，你们的人先别进，出事儿的乙醇车间隔壁就是大库，全是生化易爆物品，里面很可能会响，我们正在双管齐下，一边清障找人一边降温排险。”方队长拉着要带人往里冲的鲁一帆说。

“老方，我来干吗？你们降温排险，我们进场救人，双管齐下不是更快吗？”

“不行，老鲁，我得保障你们安全，一旦响了，不能让急救中心跟我们一起全军覆没。”

“一帆，你听人家方队长的。”浑身湿透的杨冰过来拉着鲁一帆说。

“你起开。”鲁一帆一把甩开杨冰，近乎狰狞地对方队长说，“老方，你瞧不起我们急救中心是不是？消防中队的人冲进去了，让我们看热闹等着你们往外抬人？我车上担架是摆设吗？”

“鲁一帆你别逞能，这事儿你得听我的。”方队长分毫不让。

“你现在人手肯定不够，这种情况下，要是光指着消防中心一家干两家活儿，最后很可能把小事变大事。你咋就听不明白呢？”鲁一帆气急败坏地吼道。

“鲁一帆你理智一点儿。”杨冰和方队长站到了一起，对峙鲁一帆和急救中心那些跃跃欲试的救援人员，“这事儿你扛不动，赶紧给老孙打电话。”

“笑话，现在摆明了消防中心人手不够，时间不等人，再拖就来不及了。”听到后面又有两辆救护车驶到，鲁一帆在雨中用力向虚空挥了一下拳头，“我们急救中心难道是来收尸的吗？”

“老鲁，我一刻钟前就已经通知公安局的冯局长了，他也在路上往这里赶。里面的情况我知道，目前来看，后果不是你我能承担的。”方队长过来扶着鲁一帆的肩膀，苦口婆心地说，“我只能保证你们的安全，其他听领导那边的指示。”

“老方，我明白你的良苦用心。你记一下老孙电话，让冯局长和孙主任在路上就开始沟通，不能浪费一秒钟时间。”鲁一帆甩了甩头上的雨水，头脑中也冷静了一些，开始准备将任务难度级别调高。

孙主任和冯局长一起到达了现场，看来两个人在路上就已经初步达成了共识，孙主任过来召集急救中心已到的八辆救护车在一号车前开会，冯局长则一边听取方队长汇报一边往院子里走。

“冯局长已经派车去给咱们准备特种防护服了，装备来了咱就往里冲。”孙主任怒喝道，“这个西一郊药业也太大胆了，真炸了的话，华丰市可就全省闻名了。”

“现在不是讨论责任的时候！先协助消防把人弄出来呗，就隔这么百十来米，咱要专业有专业，要速度有速度，马上就可以进行伤者转移工作，分分钟解决战斗。”鲁一帆指着院内不远处停满消防车的方向说。

“鲁一帆我知道你急，就这么百十来米，有濒危伤患，你不能动，比死还难受。”孙主任严厉地瞪了鲁一帆一眼说，“可是不怕一万就怕万一，乙醇车间需要清障挪人，稍有不慎，消防中队前功尽弃不说，导致的后果将是灾难性的。做老大不能光考虑自己专业，当着这么多人，我说你什么好？”

“我……等防护服来了，我先探路。”

“你想躲也躲不了。”孙主任哼了一声。

此刻湿淋淋的杨冰已经回到了自己车上，一边哆嗦一边流泪，鲁一帆在处理任何紧急救治情况时都能有条不紊冷静专业，但前提是可以让他着手处理。现在眼前不远处，里面就有亟待救援的伤患，鲁一帆近在咫尺却无能为力，就像面对一堵撞也撞不破的透明之墙，简直可以逼疯他。

消防中队的清障工作很快有了结果，拖出来两个还能动的轻伤者，分别被两辆救护车紧急送往附近医院。

然而消防中队投入的大部分人手同时还在进行降温工作，一点点隐患都不放过，必须坚持到省城往这里赶的生化设备抢险人员抵达。从乙醇车间倒塌到现在还不足一个钟头，那边刚刚做足准备上了高速，最快到达也需要三小时，这里的每一秒都是煎熬和纠结。

雨越来越小，就快要停了，天色渐亮，温度也在渐渐回升，往常看来这都是好事，然而此时此刻，谁都不会为此高兴。

天蒙蒙亮的时候，雨真的停了，西一郊药业大门外的人越来越多，各级领导都已经到了，被拉去开会的鲁一帆成了其中职位最小的一位。平时斯斯文文的柳旭像是困在笼中的猛虎一样，直勾勾地盯着院子里面，不知道脑中在想着什么。急救中心其他人分别守在各自车前，等待着下一个被救出来的伤者。

“里面现在不知道死了几个人，还有多少等着咱救？”大军摸着担架把手，叹息着说。

“咱车是第一个来的，那时候没想到情况会这么严重，其实折返跑就两分钟的事情。”林童左右摇晃身体，做着热身动作。

“柳旭换衣服，你和我先跟消防员去探路，咱们两个单位打配合往出救人。”鲁一帆一路小跑过来说，“所有人做好准备，我们那边信号起，马上做人桥接力往外挪伤者，一号车第一站，其他人听孙主任安排。”

柳旭没有丝毫犹豫，接过工作人员扔过来的特种生化防护服立刻就地换装，和鲁一帆同一时间装备齐整，二人透过护目镜对视一眼，调整了一下呼吸就坚决地向着里面进发。

一号车的林童、大军和范恬没管孙主任如何帮后面的急救中心车队做排位，他们三个都到了西一郊药业的消防警戒线前，随时等着里面发信号。

鲁一帆万万没想到，在应急会议上，孙主任表现得比他还激进，坚决要消防中队在防患护航的条件下允许急救中心进场配合救人。

经过简短而犀利的讨论，消防中队同意急救中心进场，但是他们需要在高压水枪的冷喷操作下沿着生化大库边缘到乙醇车间。防护服的作用只能是阻燃防生化，并没有保暖层和抗冲击效果。

孙主任还在犹豫这个前置条件是否会给施救工作造成致命危险和不可克服的难度时，鲁一帆抢先答应了下来，俩人只是交换了个眼神，没有任何多余的话，迅速离开会场，分头展开了行动。

“方队长已经把清障工作完成得七七八八了，他们的人还在里面搜救，咱们得从这儿穿过去，一不能倒，二不能停。”大库边缘数十个高压水枪的水龙头源源不断地往大库里喷超低温水，在方队长的协调下，最下面的一排枪口统一再抬高一尺，留下了一个高度不足一米五的通道。

“我先？”柳旭提着一个简易担架床问鲁一帆。

“跟着。”鲁一帆猫下腰就钻进了空当，以准军事动作往前冲。

西一郊药业都是老楼，以前这里是西郊玉米双交场，新世纪后就被一个那会儿刚上市的药业集团买下来了，成立了一个西郊制药厂，华丰当地人就称它为西一郊药业。

这些老楼并没有进行工业加固，特别库房和车间，当年是以存放农业物资为目的而建的，没想到西一郊药业的高层不想再掏钱整修，上欺下瞒堆放了好多生化原辅料，胆大包天地在这里展开了危险物资生产。

一场暴雨把年久失修的车间给泡塌了，里面的工人正在加班加点生产药用乙醇，被砸困在其中，一侧的承重墙体本来就是和大库共用的，此刻导致那边的冷却层出现了大面积损毁，在专业的生化设备抢险人员到达前，只能给大库冷却层缺口以及整体进行物理降温。

幸亏最先到场的方队长经验十足，观察判断后，很快看出了问题的关键，立刻在清障救人的同时，投入大量人手确保大库安全，控制有可能出现的毁灭性灾害。

穿过上面冰水之幕到达乙醇车间现场的鲁一帆和柳旭就像取经路上回了趟水帘洞的孙悟空，面前是一片泥泞之中的残垣断壁，几组消防员正在奋力拆墙。他们看到鲁一帆和柳旭抵达现场，一边叫嚷，一边指着被自己拖救出来的人。

鲁一帆一看，目前又有三个人被发现，马上伏下身去观察了一下，对柳旭做出一死两伤的手势，二人一前一后开始运送第一个能够接触到的伤者。

林童收到鲁一帆的信号后，和大军、范恬冲过警戒线直奔消防车队旁，此时正好鲁一帆和柳旭出来了。

"左脚，右肩。"鲁一帆给扑过来观察的范恬画出重点后，把担架交给林童和大军，换了他们手上的另一副简易担架，又和柳旭冲进了水帘洞。

"左脚骨裂变形，脚掌长时间缺血，右肩粉碎性骨折，身体应激反应正常，心跳血压无危重迹象。"范恬随着林童、大军和下一站做交接时，跟对方的医生又画了一次重点。

而这时，鲁一帆和柳旭已经在往外搬运第二个伤者了，压力得到缓解的消防员干劲儿更足，他们在废墟中手脚并用，每发现一个人就齐刷刷地大喊一声："挺住。"

两个单位的精诚合作，使得一条像动脉血管一样的急救通道形成了。鲁一帆和柳旭反复穿越出入消防区域，接过消防员的那声大喊，做出第一时间的判断和紧急处理后再往出运人。在消防区域外，以一号车人员为起点的接力人桥确认伤者轻重情况，最后交由孙主任坐镇的医疗团队，展开最终的功能性救治措施。

在省城的生化设备抢险人员进场时，华丰市消防中队和急救中心已经紧张工作了两个多小时，鲁一帆和柳旭协助消防员运送出了十六名伤者，其中四人危重，此外发现了三名死者。

一公里外，杨冰坐在路边自己车里，看着卸下一身披挂的鲁一帆又马不停蹄上了一号车，她咬了咬下唇，启动了车子，一个人驶向了回家的路。

二十三

老白小心翼翼地看着杨冰提起这事时仍然心有余悸的脸色，就知道这次鲁一帆是真的把杨大夫给吓着了。他在小吃店里要了瓶啤酒，打开给杨冰倒了一杯。

“喝点儿压压惊，一会儿我开车。”老白把酒杯推向了杨冰。

“你说他不管不顾的，那状态就跟疯了似的。”杨冰知道老白的手伤开自动挡位的小车毫无压力，仰头就把整整一杯喝光，然后又自己满上了。

“你了解他还是我了解他？”老白嘿嘿一笑。

“当然是我。”杨冰毫不犹豫地回答。

“不对，咱俩其实都不了解他。杨大夫，你是学心理的，应该比我懂，一个人，是没有办法全面了解另一个人的。因为这个人，他不是只待在家里或只待在单位，所以得拼凑。你了解他一部分，我了解他一部分，鲁医生没别的花花肠子，咱俩拼凑拼凑差不多能拢合成一个他。”

“老白你啥意思?”杨冰看看眼前这个笑眯眯的小老头儿问。

“杨大夫，他不是疯了，是他工作状态就那样，只要参与急救工作，鲁医生既不是鲁小跑也不是鲁一帆，他得把自己当神，跟对面那个神抢人。所以这个时候，他必须是无敌自信的。”老白用筷子敲了敲盘子边缘说。

“那也不能……那也不能玩命啊，当时情况你都不知道有多危险……把他给急的，那种焦虑和崩溃，是我这个心理医生都从来没看过的。”杨冰一生气，直接拿瓶子开始往嘴里灌酒。

“这次事出突然，把你给带过去了，其实像这样的事情，我们以前没少经历，你真以为只有病患九死一生啊?医护人员也一样，灾害和灾难的救援现场，大家都是脑袋别在裤腰上往里冲。”老白叹息一声说。

“没少经历?鲁一帆一次都没和我说过呀。”杨冰放下酒瓶说。

“谁敢跟家里人说这个呀?那不是没事儿找事儿吗?咱们华丰市还算是幸运的，一些人口流动性比较大的城市，急救中心医护人员在现场出事的概率相当高，概率上不低于医闹伤人事件。”老白叹息一声，看了一眼自己的伤手说。

沉默的柳旭又成了急救中心里的话题中心，大家都在背后为他打抱不平，那天鲁一帆顶着危险往灾害现场冲的时候，想到的第一个助手就是柳旭，而柳旭也没让他失望，召则战，战则胜。这么一个优秀的业务精英，让所有副主任医师候选人都觉得自己有点儿受之有愧。毕竟亲历现场的人有目共睹，以柳旭现在的专业能力和应急反应，特别是他拥有和鲁一帆几乎相同的救助意愿，假以时日，是可以成为柳小跑独当一面的。

于是当柳旭赶上轮休，到顺达快递公司去培训快递小哥时，凡是未婚单身的女护士都申请调休去给他当助手。鲁一帆想对这小伙子使使坏，就把能安排的都安排过去了，包括也在积极请战行列之内的范恬，光助手就派去了仨小姑娘，等柳旭到现场的时候都惊了。

“打麻将吗？”柳旭皱眉，“来这么多人干吗？”

“怕你人手不够，今天快递公司有一百二十多个快递员特意在午休后调出两个小时学习急救知识。”范恬没像其他两位护士一样扭捏，落落大方看着资料回答柳旭。

三位配合柳旭的助手护士万万没想到，她们亲眼见证了一次柳医生被群嘲的大型灾难现场。由于没有任何执教和讲演经验，实战生猛的柳旭在众目睽睽之下张嘴就结巴了，一些简单的处理方案让他说得特别费劲，听得所有人既尴尬又着急。

台下坐的是一些被耽误了挣钱，时间就是金钱的快递小哥，一见柳旭这么紧张，动不动就起来闹腾几句，范恬她们这几位助手的工作内容很快就成了维持秩序，然而她们一说话，快递小哥又开始口不择言地调戏玩闹，搞得场面相当不严肃。

“那个……人工呼吸……人工呼吸需要……需要配合胸外……胸外压，要点是……”柳旭紧张地放映PPT照本宣科。

“不就嘴对嘴嘛，跟亲嘴儿差不多，亲嘴儿是往外嘬，人工呼吸是往里吹。”一个染着黄头发的快递小哥坏笑说。

“要点是每分钟十六到、到、到二十……二十次。”柳旭不理他的怪话，继续读PPT。

“小姐姐们，给咱们示范一次呗。”黄头发的快递小哥带着一起哄，其他人也纷纷响应。

“听柳医生讲。”范恬瞪着眼睛大声吼道。

“柳医生，我认字，我帮你念，你跟小姐姐给我们演示一次嘛。”黄头发的快递小哥念起了PPT上的文字，“抢救者深吸一口气，然后用左手捏住病人的鼻子，右手上抬病人的下颌，用自己的嘴包住病人的嘴，用力把刚才吸的气体吹进病人的嘴里……”

“很好，很好，要开呼吸道……不能……不能让病人有任何呼吸不畅的可能。”柳旭翻了一页，“下面讲……胸外压，记住了。”

“别呀，人工呼吸不示范我记不住。”黄头发的快递小哥站起来了。

“行，那你过来。”范恬火了，从柳旭身后绕过去就揪起了快递小哥，“来，给我躺地上，我拿你示范一次。”

这次的培训是在快递公司的分拣库房里，除了前面的小桌和投影仪，听讲的快递小哥都是席地而坐，他们一见小护士发飙，把那个黄头发的快递小哥给拎了出来，要拿他演示人工呼吸，齐声起哄叫好。

“别……别胡闹。”柳旭满脸通红，“放视频就行。”

“不行，我让他加深一下印象。”范恬一捏黄头发的快递小哥脖子右侧的斜方肌，对方吃痛，叫了一声就伏下了身子，被范恬顺势放倒在地：“多数情况下，需要人工呼吸和胸外压的病人都会躺在地上，这时候，急救人员就需要蹲在他身边对他进行施救。”

“疼啊姐姐。”黄头发的快递小哥要揉脖子，被范恬拍了一巴掌。

“你现在不许说话不许动，身体放松，我要开始给你做人工呼吸和胸外压了。”范恬说完就演示了起来。

就在范恬把嘴巴贴到他嘴巴上时，那位黄头发的快递小哥就真的不动了，任凭范恬在一阵喧闹声中拿他做模特来演示施救。

“刚才过去的三分钟，是我们急救中心医护人员经常会进行的急救措施，柳医生是此中高手，但是他手太重，大家注意，如果手重，又不像柳医生那样有克制，很容易压断病人肋骨。”范恬起身捋了捋头发。

“我感觉过去了仨钟头。”黄头发的快递小哥看她起身也坐了起来。

“在紧急施救中，医生体力也是有限的，所以要换人，我这才三分钟，在真实急救过程中，我需要做足二十分钟，然后再由我的同事接力，直到病人能够自主呼吸，或者……医生可以宣布放弃。”范恬擦擦额头的汗说。

“是……是这样的，真实的急救和现在的演示节奏完全不同，家属在哭，条件环境各异，有的病人体温会速降。”柳旭这会儿找到了一些自信，说话也显得流利了一些。

“柳医生，你真不试试和小姐姐……”黄头发的快递小哥躲了很远才敢开口使坏。

“胡闹。”柳旭一拍桌子。

“你也就会痛快痛快嘴，人还是个好人，知道中午吃蒜了不敢呼吸。”范恬乐了，台上台下其他人也哄堂大笑。

二十四

柳旭在快递公司露怯被范恬美人救英雄这事儿，鲁一帆当天就知道了，回家还跟杨冰分享了一下。杨冰最近表现奇怪，既没有和鲁一帆怄气，也显不出来有多亲密，对他难得一见的八卦行为反应冷淡，仿佛根本就没有关心过他在急救中心那些伙伴一样。

“柳旭这孩子，一点儿都没有我当年的魄力，还能让他们给挤对了？我管你多少人，是干吗的，既然我来搞培训，全都听我的，一对一分组给我练，咋能让范恬往上冲？”鲁一帆扒拉口饭笑着摇头说。

“嗯，你厉害。”杨冰无可无不可地说，明显是在敷衍他。

“当医生如果再想晋级，磨不开面子可不行，以前我没发现他这毛病，参与急救的时候柳旭可有主意了，说一不二，行动坚决，指挥也没问题，这怎么一见外人，讲自己专业都会露怯呢？”鲁一帆举着筷子想了一下说，“我觉得还是不够投入，上场的时候忘了紧张了，他一紧张，病人的命没了，下场的时候，想起来自己也个普通人，该怕还是怕。”

“有几个像你这么表里如一的？场上场下，家里外头，舍生忘死，全身心投入，7×24小时战斗模式，干啥都没个分寸。”杨冰给自己倒了杯水撇撇嘴说。

“我的态度是一以贯之的，既然干的是急救专业，弦不能松，见事不能躲，天塌下来甭管能不能顶住，这个动作是要坚持到底的。”鲁一帆丝毫没察觉出来杨冰的语气中有什么不对，还在侃侃而谈。

“压垮了怎么办？”杨冰问。

“那能压垮吗？最多被砸到地平线下面去。”鲁一帆嘿嘿一笑说。

“鲁一帆你知道我最烦你哪一点吗？”杨冰终于把饭碗一推准备翻脸了。

“我咋了？”鲁一帆这才警醒过来。

“我烦你不管不顾只认一门的死德行，一涉及专业就盲目自信，总把个人能力放大，无论什么情况都先给自己揽一屁股事儿，你兜得住吗？”

“没想过。”鲁一帆老老实实地回答。

“你一个人也就算了，生活中你是个有家庭的人，工作里你是个有团队的人，天你都敢顶，搞得身边人谁都不敢跟你顶了，否则就是破坏你伟大的金身，至于吗，鲁一帆？”杨冰眯着眼睛问。

“我真的从来没想过……”

“见你出一次任务我就够了，还想抢着去干人家消防中队的活儿，你有那个上刀山下油锅的本事吗？那可是真真儿的赴汤蹈火呀。”杨冰气呼呼地说，“跟人家方队长急赤白脸的，根本不顾大局，你能不能搞搞清楚自己的位置？你是人民群众，你是老百姓。人家是隶属于应急管理部门。你隶属于卫健委，是医疗机构。”

“危难时刻，我们是战斗部队。”鲁一帆揉着自己的脸说。

“你战斗个屁你战斗？听说过医闹，你听说过有消防闹吗？”杨冰认真地看着鲁一帆说，“一帆，你不能把自己看得太重要了，你的工作性质是急救医疗，为伤患在紧急时刻提供最优解。”

“我没有把自己想得多重要，我只是不能也不敢让自己得过且过，战场上也有军医，更何况平常老百姓更容易受伤。事后老方特意给我打过电话，他们那里是退役季，消防员人手不足是现实问题，要不是急救中心配合着及时顶上，时间很可能会拖到翻倍，死亡人数绝对不会只有这么少。”鲁一帆一拍桌子站了起来。

“你厉害什么呀你厉害？我又不是第一天认识你。现在我担心的是，你拼成这样，压力传导作用下，你身边所有人都会逼自己去追求你那个永远都不可能达到的变态标准。”杨冰也用力地拍了一下桌子。

“我……我，我说不过你。”鲁一帆气急败坏地冲回了卧室。

方糖临睡时接到了关婷的电话，电话那端的声音很小，关婷说什么她完全听不清，只有轻微的喘息可闻。方糖以为是她误拨了电话，关婷自己没有意识到，就想挂了再给她拨回去，然而此时一声清脆的玻璃碎裂声传到了耳畔。

“婷姐，婷姐，婷姐你那边出什么事情了？”方糖叫了几声，那边一点儿动静都没有了。

方糖意识到很可能出事儿了，她把电话挂断，再回过去，没人接，于是连睡衣都没来得及换，就往楼下跑。

钢管厂家属楼始建于20世纪90年代初，当年的钢管厂原址早已经被卖掉，开发成了龙城花园，从方糖家再到关婷的住所，直线距离不到两百米。由于是老楼，很多楼道门都已经掉了，方糖径直冲往关婷和孔若曦所在的五楼，刚上到三楼，鼻子里就闻到了一股淡淡的煤气味儿，等她到了五楼，这味道更加浓烈，方糖马上意识到，煤气泄漏了，只是不知是年久失修的管道问题，还是操作不当的人为事故。

方糖在幼儿园工作的时候经常会带小朋友进行各种紧急情况的学习和培训，所以立刻做出了反应。她一边上下台阶猛敲这个单元里面所有的门，一边找安全地方打电话给消防119和急救120，说明这边的情况。

原本好梦正酣的人们都拥到了楼道，方糖疏散完人群下楼，消防车已经赶到了，却被堵在了乱停车的消防通道口。

消防队员看事态还没有往更恶劣方向发展，立刻有条不紊地展开了工作。方糖想到后面急救中心的车也在路上，于是组织那些刚跑出来的年轻力壮者参与挪车，能搬的搬，能扛的扛，把社区内道路清出来。

救护车来的时候，消防队员已经切断了整栋楼的煤气管道，关婷母女被一前一后抱着下了楼。随车的急救医生四十一二岁的样子，不让担架员和司机往车上抬人，而是在两栋楼之间通风最顺畅的地带展开了救治。

方糖心疼地看着孔若曦被一次次地挤压心脏，进行人工呼吸，刚刚那种情急之下的冷静消失不见，一种恐惧感弥漫到了全身每一个毛孔，方糖开始不停地打哆嗦，上下牙敲得咯嗒咯嗒直响。

“林童，婷姐和若曦出事儿了。”方糖拨通了林童电话后，放肆地哭了出来。

“她们在哪儿？出什么事儿了？”林童的声音无比焦急。

“在婷姐家楼下，煤气泄漏，我报了119和120，你同事在现场呢。”

“不要干扰医护人员干活儿，我马上就到。”林童说完就挂了电话。

可能是方糖的祈祷起了作用，孔若曦醒了过来，只是她的大脑由于缺少氧气，在补氧过程中尚未意识到发生了什么，她身子不能动，却对周边的一切都充满了警惕，眼神像个随时准备攻击人类的小兽。任凭医护人员和方糖怎么哄，都没有丝毫情感反应。

“继续氧疗，让她放松，孩子没有大碍，妈妈麻烦一些。”医生一面说着，一面继续急救操作。

“麻烦您尽力，我们也算是咱急救中心的家属，孩子的叔叔是开急救中心一号车的林童。”方糖见缝插针补了一句，想拉拉关系。

“美女，无论是家人还是路人，在急救中心没区别，能救回来都是亲人。”医生挥汗如雨，说话的声音都有些变调。

方糖不敢再搭话了，只能跟围观的阿姨借了件衣服给孔若曦披上，自己小心翼翼握着她的手，看着氧疗鼻罩上面，她那双茫然的大眼睛，不知道如何是好。

突然间，孔若曦的眼神中有了泪水和委屈，鼻翼不停扇动，把方糖和护士都吓了一跳，转头才看见，林童已经站在了她们身后，正在擦汗，从出租车上下来，进小区他是以百米冲刺的速度跑的。

“若曦你不要怕，叔叔来了。”林童温柔地凑到了若曦眼前说。

“她认出你来了？她连我都不认识了。”方糖刚刚止住的泪水又滴落了下来，林童不仅是关婷和若曦的主心骨，也是她的主心骨。

“若曦从出生就被我抱着，爬，走，跑，说话，上学，我都全程参与，怎么可能不认识我？”林童说完冲若曦做了一个安慰的手势后说，“叔叔就在这里，先看一下你妈妈，你要想叫我，就告诉方老师。”

“大人需要转移到高压氧舱。”医生对林童说。

“最近的高压氧舱在和平医院。”林童立刻回答。

“嗯，不愧是跟鲁医生的。”医生招呼车上的人员，“咱们先走，褚护士照顾小女孩，等会儿再叫一辆车来接。”

“便携式氧气瓶占地面积不大，你们先走，我和褚护士会把孩子带到和平医院的。”林童说完转头告诉方糖回家拿车，他要把孔若曦送到和平医院。

方糖跑回家随便换了套衣服，下楼时犹豫了一下，抓起爸爸放在客厅的车钥匙就跑了下去。等她开着一辆大型的豪华车到了钢管厂宿舍大门口时，林童和一个护士已经在那里等着了。林童看到车时犹豫了一下，见方糖跳到了副驾驶座，把方向盘留给自己，只好咬咬牙坐了进去，启动车子出发。

孔若曦躺在护士的腿上，眼神已经基本恢复了灵动，这让不时回头的方糖安慰了不少。护士说，刚才消防队员口头通报了一些情况，引发煤气泄漏的主要原因，是厨房内通气阀门老化，万幸这会儿没有明火，否则后果不堪设想。

“你这几天来就没发现吗？”林童心中有一股无名火，不知道向哪里撒，只好像逼供一样问坐在身旁的方糖，“连一点儿味道都没闻出来？”

“我又不是警犬，我哪儿知道哇？”方糖满肚子委屈，“我平时也不碰厨具灶具呀，就和若曦在屋子里上课。”

“今天到底怎么回事儿？”

“我临睡觉接了婷姐一个电话……”方糖把之前发生过的情况一五一十跟林童讲述了一遍，听得林童一阵后怕，幸好方糖住得近，不但够警觉，还有急救意识，今晚如果不是她在，这对苦命母女难逃此劫。

“谢谢你呀。”林童听完火气就消了，内心因为刚刚那一瞬间迁怒于方糖，泛起了一阵愧疚，“对不起。”

“少来这套，只要都没事儿，啥都好。”方糖咬了咬下唇低声说，“出事儿也不能都往我身上赖。”

厨房的通气阀门老化关婷也是有所了解的，但是她实在没时间找人来更换，想着在冬天供暖前，统一收拾屋子的时候再处理，可是今晚却在她和孩子都已经入睡的情况下出现了意外泄漏。

当时睡得迷迷糊糊的关婷仿佛梦到了孔宪哲，孔宪哲又是一副要打架的表情，与以往不同的是，这次孔宪哲是冲着她来的。虽然两个人的日子过得不太顺心，孔宪哲的脾气也大，却从来没有对关婷动过手，相反每次都是她急了又踢又咬，抓起啥都往对方身上扔，所以孔宪哲在梦中对她施暴，把关婷给吓醒了。

关婷想起身看看女儿，却发现自己身体软绵绵的，连坐都坐不起来，从床上挪到地上就摔那儿了，屋子里弥漫着刺鼻的煤气味道。关婷知道大事不妙，也忘了在煤气泄漏的环境中不能使用电子产品。她挣扎着摸索到手机，但手指不由控制，只能拨出最后拨打过的号码，那边接听的人就是方糖。

方糖无法想象这边发生了什么，关婷也无法向她解释，只好拼命翻滚，挣扎去撞桌子，把桌上的玻璃杯撞到了地上，碎裂声音过后，关婷由于用力过猛，脑供血不足，瞬间陷入昏迷状态。

华丰市并非每个医院都有高压氧舱，和平医院接到急救中心求助后，立刻开启了绿色通道，一路把医护人员和关婷送进了HBO治疗室。林童到了和平医院，先把孔若曦安排进了留观病房，让方糖陪着她，自己则赶到楼下跟进关婷的治疗。

经过大半夜的全力抢救，清晨，关婷的生命体征稳定了下来，但她仍然没能恢复意识。林童在给鲁一帆发请假信息的时候，说明了情况。鲁一帆看到消息后，连忙推醒了杨冰，让她开车和自己去一趟和平医院。

“去和平医院干吗？”杨冰还在和他赌气，明显情绪不好。

“林童家里出了事儿，他总说的那个婷姐和孩子煤气中毒。”鲁一帆走进卫生间说。

“啊？关婷？那人挺好的呀。我送你去。”杨冰和关婷有过一面之缘，知道那女人，这会儿也就忘了生气了。

“是，你把我送到那儿，我看看什么情况，能不能帮忙伸把手。”鲁一帆把头伸出来说。

二十五

孔若曦已经在病房里睡了，医生说孩子由于靠窗近，吸入的一氧化碳少，而且并未像她妈妈一样竭尽全力求救，所以恢复状况十分乐观。方糖始终在一旁照看着她，林童来回跑了几趟，他也不知道该如何向方糖表达感谢，见她穿得单薄，就把自己的外套脱给了她。

在给方糖披外套的时候，他把手按在了方糖的肩上，方糖捏了捏他的手，这个外人没有看出来有任何问题的动作，对于两个人来说，既像试探，又像暧昧。

鲁一帆和杨冰一到和平医院就赶去了HBO治疗室，他仔细看过关婷的各项体征情况以及之前的医生出诊报告后，判断关婷在这种昏迷状态下，一时半会儿还醒不了。这会儿连自己都帮不上忙，只能去留观病房，看看孔若曦会不会有后遗症的隐忧。

孔若曦是被鲁一帆叫醒的，鲁一帆给她做了一些反应测试，发现孩子确实没什么大碍，只是需要增加一些户外活动，尽量呼吸新鲜多氧的空气。

“情况我大致都了解，你照顾几天吧，回头把一号车开这边来随时待命，有特殊情况，你从和平医院的急救中心出车。”鲁一帆把林童拉到一旁，做了一个兼顾公私的安排。

“谢谢你鲁医生，太感谢了。孤儿寡母，我得帮啊。”林童都不知道说什么好了。

“你小子也算是个有情有义的热血青年，保持，急救中心最怕血凉了。”鲁一帆点点头。

从和平医院出来拿车的时候，一直跟在鲁一帆身后一言不发的杨冰突然扑哧一声笑了，这一笑把鲁一帆给笑蒙了。

“你笑啥?”鲁一帆问。

“我笑你之前还想乱点鸳鸯谱呢，我记得你说过，范恬和林童都是年轻人，可以多亲近亲近，没准儿能处出感情来，范恬那边有没有主儿我不知道，林童肯定是不愁媳妇了。”杨冰笑着说。

“啊？刚才那个？不是说那是若曦的老师吗？”鲁一帆惊呆了。

“拉倒吧，那小姑娘看林童的眼神儿，比我当年看你还瞎呢。”杨冰撇撇嘴后又想想说，“不过林童好像对若曦妈妈更关心。”

“我最烦你们这些学心理的瞎分析。”鲁一帆哼了一声。

“我分析了一下，你可能今天要打车去单位了。”杨冰说完就上车把门都锁上了。

“你啥意思？快开门，我一会儿还得赶到单位跟孙主任开早会，说说老白四处碰钉子的事情呢。”鲁一帆拽了一把副驾驶的门没拽开。

“你今儿也碰根钉子吧，我要先回家睡觉，睡醒了再去找老白，拜拜。”杨冰说完，按了两下喇叭，开着车扬长而去，留鲁一帆独自在风中跳脚。

老白最近确实没少碰钉子，但他知道急也没用，所有事情都得从长计议，所以他才在自己准退休时期，准备把余生都奉献给鲁一帆的理想。

近些日子他开始打迂回战术，带着杨冰绕着那些跳广场舞的老太太转悠，先拉关系再说正事儿。以自家附近几个小区为原点，向周围扩散。

这一招还是很见效的，老白熟悉急救业务，宣传资料更是烂熟于心，杨冰精于沟通技巧，能够突破对方的心理防线。所以他们每到一个广场舞扎堆的地方，很快就能连说带比画地聚拢一帮子人，这种农村包围城市的打法，初步取得了成效。

不深入不知道，广场上也是个江湖，特别是那种小区广场，里面间杂着人生百态、世事万千。跑得多了，老白和杨冰二人基本就熟悉了环境和套路。

小区广场最愿意动的都是老太太，老头儿基本分为两大帮派，象棋帮和轮椅帮。

象棋帮围成一个一个的小圈圈，经常因为飞象支士拉车踩炮吵得不可开交，场面极其热闹，周围一切都没有他们全情投入的棋局重要。轮椅帮拉成一排，一双双浑浊老眼通常没有焦距，靠得近的两个轮椅老人偶尔会闲聊几句，话音和话题起止不定，旁边人很难理解这些没头没尾的交流。

当然也有特别例子，有人从象棋帮那里吵了一气后，退后几步，坐上小轮椅就成了轮椅帮的成员，由此老白也发现，这些老头儿的腿脚只是不利索而已，并非身有残疾。

无论是象棋帮还是轮椅帮，都不愿和近在咫尺的老太太们掺和到一起，老太太们跳舞的跳舞，聊天的聊天，哄孩子的哄孩子，时不时就嘻嘻哈哈达成共识，自娱自乐地欢呼雀跃起来。

由于杨冰今天睡了一上午，下午又去出版社沟通事情，老白就一个人来到了逸景家园的社区广场，这里他之前和杨冰踩过点，并且和一些对他来说是老姐姐的取得了共识，让她们帮忙发放一些宣传资料，这次老白是来进行传单补给的。

老白到了地方通常会先观察观察社区广场的老太太们是否在忙着其他事情，自己也会到象棋帮和轮椅帮象征性地打个招呼，老头儿都自得其乐，往往不会理睬他这种闲杂人等，讨完了没趣，老白才会坐到播放舞曲的小音箱或者播放器附近，等一曲终了，大家歇着的时候拿出传单跟她们聊急救的必要性和急性病的危害性。

今天老白来的时候就发现有些不对，逸景家园的领舞居然换人了，这在社区广场的小江湖里可是个大事件，原本领舞的那个眼镜老太太退到了舞众的第一排，领舞的位置上，一个身材高挑的四十来岁健美男子，正随着音乐翩翩起舞。

老白不明就里，刚开始也没敢问什么，还像往常一样转了一圈后，坐到了音箱旁的小回廊石头条凳上，默默捻开了由急救中心医护人员凑份子自费印出来的资料单页，心里琢磨着，如何在没有杨冰铺垫的情况下展开宣讲和发放。

音乐停止的时候，前面的领舞男子保持最后姿态摆了一个十几秒钟的POSE，在他身后的老太太们一动都不敢动，和他一样侧侧歪歪坚持了十几秒钟，直到那男子长出了一口气，她们才像真正训练有素的队伍一样结束了表演。

“庄老师，你刚刚那个动作设计得太好了。”眼镜老太太小跑两步，到包里找了一包纸巾出来双手递给了那个领舞男子。

“这是以前我在办舞蹈学校的时候为安可曲专门设计的一个动作，可惜我们这里知音少，又不存在返场，这难免会让人感到有些遗憾。”庄老师抽出一张纸巾，铺在脸上轻轻拍了拍。

“不遗憾不遗憾，我们正在积极联系附近几个居委会，准备把文化宫场地租下来办一场舞蹈比赛呢。”眼镜老太太连忙摆手说。

“那个文化宫现在连灯都缺了一半，我哪有时间跟你们去凑那个热闹哇。”庄老师在老白身边找到自己的包，掏出手机看了一眼说，“我得忙着挣钱呢，这一会儿没看，又少挣一万三千多。”

“那玩意儿真那么挣钱吗？”几个老太太纷纷围上来看他展示的手机页面。

“国家大力扶持量子科技产业，新闻上都看得到，像我这种肩不能扛，手不能提的，只能赶赶政策风了。”庄老师叹息一声说，“幸亏现在科技发达，时代昌明，咱算是都赶上了。”

“我理解这玩意儿是不是跟炒股似的？”眼镜老太太琢磨了一下问。

“炒股？哪家公司敢跟国家政策叫板？哪家公司可以小瞧科技的力量？唉，算了，我就算把道理全说了，你们现在这些已经转不动的老脑筋也不懂。回家问问孩子们，量子科技对于未来会有怎样的影响，他们都会给你们答案了。”

“他们哪有时间？你那个是什么软件？咋下载的？我们回去

自己研究研究就行。”眼镜老太太自信满满地说。

“大姐，你只要一下载就进坑了。”老白是个老江湖，一眼就看明白这小子要干啥，连忙出声制止，“下载完了就是各种利好，咋看咋好，然后让你弄个账号，账号关联的是银行卡，只要碰到了授权页面，一不小心卡里的钱就没了。”

“你干吗的？”庄老师听老白这么一说，脸色铁青，气急败坏。

“小兄弟，你这路子我见多了，刚才我拍了你一张照片，这几位老姐姐但凡有一个上当的，我就带她们去报警，给你弄个实打实的连窝端，你信不？”老白晃了晃手中的手机，“还量子科技？你得量力而行。咱这里有退休老教师吧？给他出道初中数学题，他要能答出来，我跟他姓。”

“你这是侵犯我的个人肖像权。”庄老师抢前一步来夺老白的手机，“你赶紧把照片删了，要不然我告你。”

“你告我？大姐，打电话报警，说这里有人抢手机。”老白把手机放进怀里，死死地抱着肩膀说。

“这个老头儿耍流氓啊，他和老太太搞破鞋，手机里全是下流照片还不让我查。”庄老师突然尖叫起来，两大帮派一听这边闹起来了，纷纷拍马赶到。

“谁耍流氓？”一个红脸老汉从轮椅上起身，接近一米九的身高扒拉开前面的人，看老白蹲地上，就把他揪了起来：“你拍啥照片了？”

“大爷，就是他，和你家那谁搞破鞋。”庄老师说这话时，脚步在往后退。

“你俩干啥了？”红脸老汉像拎拖把一样拖着老白到了一个胖老太太面前。

“老魏，这是障眼法，别让庄老师跑了。”眼镜老太太打完了报警电话，看到这边乱成一团，连忙拉住了红脸老汉，而那位庄老师已经不见了踪影。

杨冰在电话里听说了老白的社区广场奇遇记后，跟鲁一帆转述时笑得直不起腰，完全忘了这些天两人之间正在闹的别扭，万万没想到，身家清白一辈子的老白被个骗子给弄得险些晚节不保。

鲁一帆则在感叹，这些老太太已经成了巧言令色之徒的重点包围对象，即便如此，她们也不肯花一些时间，正视自己有极大概率遇到的急性病问题。这社会好像只能听进去顺耳的话，并为之付出了太多本不应该付出的代价，却对真正重要的逆耳忠言置若罔闻。

二十六

在昏迷了一天一夜后，关婷终于醒了，医生给她细致地检查了一下大脑的受损程度和身体的认知反应，出来的结果都还算差强人意，因为像她这种情况，有可能出现一个假愈期，需要一段时间的后续观察，才可以排除发生后遗症的隐患，达到痊愈的标准。

刚刚被允许离开留观病房的孔若曦急不可耐地到了妈妈的病房，原本目光还有些呆滞迟缓的关婷在听到了女儿的声音后，眼里瞬间就涌出了泪水。

“婷姐你放心，若曦很好，你还要住一周院，进行高压氧舱治疗，这阶段她会在方老师那里。”林童半托半抱着孔若曦，让她在妈妈面孔的上方能够被关婷看到。

“妈妈，你难不难受？”孔若曦伸出小手摸了一下关婷的脸，两滴豆大的泪珠就滴到了那张同样在流泪的脸上。

“呜呜。”关婷试图说话，可她用尽全身力量也发不出清晰的声音。

“你妈妈才醒，如果想让她快点儿好，就要避免过多地打扰到她。”方糖把孩子接了下来，“若曦乖，你得让妈妈有时间治疗和静养。明白吗？”

“明白。”若曦点了点头，抽泣着说。

“婷姐你什么都别想，医生说你尽量放空大脑，别思考过多的问题，这样才能让大脑充分休息，一周后，基本就一切正常了。”

副主任医师的人选终于浮出了水面，三位晋级职称名额的拥有者都是和柳旭同年进入急救中心的青年才俊，之前所有未经官方宣布的道听途说都得到了证实，本次提拔，柳旭彻底没戏了。在其他人看来，这个节骨眼儿上，柳旭的位置相当尴尬，一些原本对他有意的姑娘不知道是该安慰他好，还是疏远他好。

柳旭一如既往地沉默，让大家又有了一些新的解读。有人说鲁医生早就看出来这是个苦力型闷葫芦，还有人说他以消极姿态对上级提出抗议。

“你要不要再表演一次美人救英雄？去跟鲁医生拍桌子，帮柳医生把副主任医师的名额给抢过来？”给一号车消毒的时候，林童半真半假地问范恬。

“你歇了吧你，我只要不是在车上，平时见了鲁医生都打怵，还敢拍桌子？”范恬一皱眉，“再说了，人家姓柳我姓范，他的事儿他自己不出头，我凭啥出头？”

“嘿，你还嘴硬。”

“三棒子打不出一个屁来，眼睛一眨巴，不知道心里琢磨什么事儿呢，这种人我最不待见了。”范恬撇撇嘴说。

“你知道我在急救中心最先认识的人是谁吗？柳医生。”林童自问自答后摇摇头，“他完全不是你们想的那样。”

“那是啥样？”

“我凭什么告诉你？”林童乐了，“你俩一个姓柳一个姓范，他的事情又不关你的事情。”

“林童你是不是被那个老师给教坏了？”范恬在鲁一帆的说笑中，知道林童有个暧昧对象是幼儿园教师。

“嘿，我和柳医生心情都不好的时候，曾经坐在一张桌子上喝过一顿闷酒。他说他的事儿，我说我的事儿，我俩都没听明白对方说啥，但是有一点可以肯定，他挺爱说的，只是分跟谁，分在什么场合，分喝多少酒而已。”

“他酒量咋样？”范恬眼前亮了。

“我酒量咋样？”

“不怎么样，每次聚餐你最先喝大。”

“我们俩差不多。”林童充满暗示地点点头。

柳旭最近的沉默还真跟以往的沉默心情不太一样，因为上次在快递公司的露怯，他回家看了不少关于演讲的视频，晚上也对着镜子比比画画地讲上一气，虽然聪明如他，知道这是在草地上练游泳，可是在别人面前能够自如地表达自己隐藏的才华属性，并非一件容易的事情。

而且柳旭很想找个合适的机会向范恬表达一下谢意，可是大休息室人多嘴杂，自己出车不离车，两个人下班的钟点都不确定，总是很难有单独相处的时候。

这天九号车回来，柳旭在卫生间消毒洗手，出来时，刚好碰见正往卫生间走的范恬，他脑子一热，没头没尾地说了声：“谢谢哈。”

“啊？谢什么？”本来是踩着点儿过来，想先跟他打个招呼，顺势约酒的范恬被他这一句话给说怔住了。

“谢谢你那天，在快递公司……”

“哦，对了，你欠我个人情，请我吃顿饭吧。”全方位准备都被逆转的范恬顺水推舟，她嘿嘿一笑说。

“啊？你想吃什么？”柳旭也没想到自己一表示感谢，会是这样的一个结果。

“没想好，咱俩先加个微信慢慢商量吧。”范恬一伸手，见柳旭还没明白，“我们护士是不能开机的，麻烦你把手机拿出来，加一下我微信号可以吧？”

“好的。”柳旭手忙脚乱往出掏手机。

吃喝玩乐一条街在老城区，模样变了好几回了，20世纪末模仿香港风格，世纪初弄过一段时间简欧风格，近些年看外地翻新古建筑火了，又编造了些虚假历史，弄了些仿古招牌，换汤不换药，还是饭店酒吧KTV，知道内情的人说，有些店家连老板都几十年没变过了。

年轻人总是一代接着一代地成长，吃喝玩乐一条街的主力消费人群始终浮动在二十到三十岁之间，真有钱的不在这儿消费，嫌太闹腾，就是些初入社会，还靠情感维系社交的年轻人捧场，倒是一派夜夜笙歌的繁华景象。

柳旭生活简单，家中母亲做饭，自己也能下厨，很少在外面吃。以前谈恋爱的时候，汪姿阳爱去的地方都是那些高档餐厅，他几乎就没怎么来过这条街，更没想到范恬让他请客的方式就是喝酒撸串吃烧烤。

一进小包房，范恬就豪爽地把外套脱了，让服务员给上了半打啤酒，点了一堆涮串和烤串，柳旭还没等反应过来呢，范恬就把倒得满满的酒杯推到了他的面前。

“来吧柳医生，小酌小酌。”范恬和那杯放在桌上的酒撞了一下，然后把自己杯中的酒一饮而尽。

“这……这样不好吧，我胃不行，担不了酒。”柳旭被她这种喝法吓着了。

“你演讲不行，喝酒也不行，那干啥行啊？”范恬眯着眼睛一笑，挑衅般地问。

“唉。”柳旭二话不说，也一扬脖，把杯中酒干了。

“这就对了嘛，我看你天天回休息室就愁得没边儿，好像全天下就你压力大似的，鲁医生忙里忙外、出生入死也没像你一样，他得空就给我们讲段子说笑话。”

“我要有鲁医生那本事就好了。”柳旭摇摇头。

“你也别自卑嘛，急救中心谁不知道你是鲁医生的得意门生？他每次提起你来都是赞不绝口，这很少见了，好吧？”

“他越是得意，我越不能得意，道行不够。”

“喝酒吧，副主任医师有啥了不起的？我们都看好你，连老白都说柳医生前途不可限量。”范恬又喝了一杯后，模仿着老白的语气说。

“我从来没有担心过前途问题，你们不懂的，急救医学是门很高深的学问，我其实很羡慕你们跟一号车的人，就想让鲁医生言传身教多带带我。”

“那你要努力了，照我看，鲁医生日常发挥出来的急救水平只占了他全部能耐的三分之二，他还能协调管理呢，你也要多练练，在不同的场合下能有不同的发挥。”

“我……”柳旭犹犹豫豫地看看杯中酒，也一饮而尽说，“我其实不是怕跟人讲话，就是不好意思，觉得能干就上手干，光在台上白话有什么用啊？夸夸其谈让人尴尬。”

“这你就不对了，夸夸其谈是指没本事的人红口白牙吹大牛，你在急救中心的表现有目共睹，提起九号车柳医生，哪个医院不伸大拇哥？”范恬给他刚喝完的杯子又倒满说。

“总之，当着那么多人，自说自话自吹自擂，真不如干点儿实事儿。我那天还在想，如果当时咱们在顺达快递公司的时候，有某位快递小哥真的突发急病，那我就直接上手了，不比什么样的说辞都管用？”

“要都是你这样的实战派，急救医学只能线性进步，无法形成像鲁医生心中所想的那样全民联动了。”范恬摇了摇头。

“这么说，我还耽误事儿了？”柳旭低头琢磨了一下。

“耽误事儿倒不至于，你知道老白和杨大夫在干什么吧？”

“知道，在践行鲁医生的理想，早在几年前我刚进急救中心的时候就跟我讲过，他想普及全民急救。”柳旭点点头。

“鲁医生可真是偶像级别的存在呀，我觉得你就应该向他学习，也给自己树立个理想。”

“我的理想就是每次出车都能皆大欢喜，回来老婆孩子热炕头。”柳旭笑笑说。

“瞧你一副没出息的样子。”范恬摇摇头，又打开了两瓶啤酒。

二十七

急救中心召开了一个班子会议，会上着重讨论了一下如何让业务与时俱进，一号车升级为5G网络后的这几个月，现场调度工作中的及时反应是喜人的，年轻一代也在成长，受到了主管单位多次口头表扬。

孙主任是个极有前瞻意识的领导，了解他的老部下都知道，老孙这个人不怕批评，怕的是表扬，批评说明别人都看出了急救中心有进步空间，甚至可以明确发展方向，可一旦表扬起来，反而会让大家产生盲目乐观的情绪，所以孙主任心中始终有一个警钟，敲击这个警钟的就是看不见成长空间的顺境，他让大家提一提此前一个阶段工作中产生的一些自我质疑。

只有鲁一帆感觉在培养起全民急救意识之前，所有的顺境都是虚妄的，提出来的第一个自我质疑便从老白那段让人啼笑皆非的小插曲入手，在大家半开玩笑的局面下，说起了在民众中普及急救常识之难。

“我听明白了，你这是在替老白打抱不平啊。”孙主任眯着眼睛看看一脸怨念的鲁一帆说。

“也是，也不全是。”鲁一帆摇摇头，“我只是觉得，我们现在做得还远远不够，我们急救中心官方可以做得更多。”

“还做什么？我同意了你们和快递公司对接培训，同意了老白深入基层展开工作，难不成你还想让我在急救中心敲锣打鼓搞开放日吗？我早就跟你说过，急不来，得从长计议。”孙主任还是觉得鲁一帆过于理想化了，不禁皱起了眉头。

“我不是不想从长计议，但是社会的发展应该是平衡的，新中国成立七十年，改革开放四十年，GDP 排行全球第二，老百姓平均寿命七十多岁，老龄化现象已经有所彰显，可是国人的各种非正常死亡占世界的百分七十以上，我的老大，这是很恐怖的。这是我们这一代急救医学人必须面对并且解决的问题。”鲁一帆对各种数据信手拈来。

“好，那就以你牵头，成立一个专项宣传小组，你想咋折腾，我提供方便。”孙主任明显被鲁一帆说的这些数据给震惊了。

“我现在也愁，之所以上会来讲这些，就是因为没啥好办法，所以也希望在座的各位领导都出出主意，大家群策群力，我先表个态哈，我这么说绝不是为了推卸责任，实属是个人能力有限，搞宣传得集思广益。”鲁一帆叹了口气说，“从老白闹的笑话就可以看出来了，地推式的效果过慢，中途会有无数变量因素。”

“我插几句哈。我知道鲁医生已经把他们家杨大夫都推上前线，跟老白一起转战南北了，我爱人在市教育局工作，我觉得可以跟他们教育局搞一搞合作，在中小学办一些演习活动，我知道他们之前也都办过，却并未形成规模，咱们可以强力支持，像鲁医生说的那样，分代际解决。”急救中心的总护士长李梦蝶发言。

“小李这个法子我觉得可行，这是个长远的谋划，眼前呢？眼前问题也要面对呀。”孙主任想了想说，“你们又不是不知道，老鲁这小子是个急脾气，在一线救人都救出职业病来了，非要立竿见影，上会开炮不就是来将军的嘛。”

“不至于，我觉得李护士长的意见很好，而且可执行性强，深谋远虑。”鲁一帆嘿嘿一笑，“下面咱聊聊近忧问题吧。”

“我想发个言。”车管处的秦处长刚刚晋级到领导班子，发言的时候还举了一下手，被孙主任示意放轻松后，脸色一红，先咳了一声，“我说了大家别见笑。”

“哎呀老秦你说嘛。”鲁一帆拧开水杯喝了一口水后，见秦处长还在思考，急得直喘粗气。

“我闺女现在在家里天天看直播，我刚开始觉得小孩子们的玩意儿，能有多少人爱玩爱看？结果那天我跟着看了一场，你们猜多少人同时在线观看？”

“两万？”孙主任问。

“不能，我们家杨冰在网上还有十几万粉丝呢，我猜至少十万。”

“呵，现代人都被手机绑架了，看直播的人比看书的人多，十万八万肯定挡不住，毕竟数据是全国量级的。”李护士长颇感无奈地说。

“七百万。”秦处长看大家都没猜到，眯着眼睛一笑说。

“我的天哪，疯了吧？都哪儿来那么多时间？”孙主任倒吸了一口冷气。

“网络媒体与其他媒体不同的是，它占据的是人们的碎片时间，而且可以打破区域限制。”李护士长说。

“这个好这个好，咱又不是坐井观天的蛤蟆，全国都能普及才最好呢。”鲁一帆赞许地冲秦处长竖起了大拇指，“老秦你立功了，给我打开了一扇新的大门。”

“我就是想到哪儿说到哪儿了，我觉得咱们也可以制作小视频，搞一搞直播嘛，急救中心怎么与时俱进，就是要全方位立体化向时代靠拢，这就跟咱一号车配5G网络是一个道理。”秦处长不无骄傲地说。

“对头，这个思路相当对头。”孙主任拍了拍离他最近的鲁一帆，“你不天天急赤白脸要搞全民应用急救的普及工作吗？现在主意有了，向全国人民进行应用急救的普及。”

“嘿，我正愁没地儿治柳旭那个害羞的毛病呢，他这样出去我还真不放心。”鲁一帆话才出口，就知道自己得意忘形了，他对柳旭的安排原本只有孙主任知道，这帮领导一个比一个精明强干，急智反应都是一等一的高手，他话一说出口，肯定有人能联想到事情的走向。

“就这样吧，我知道你家杨大夫是网红，脑袋灵、文笔好、鬼点子多，一切进展让她帮你出出主意，我们全力做好配合工作就行了。”孙主任连忙把话题岔开，“老秦，你说说车管处那边的情况吧，老白基本就算退到外围颐养天年了，平时帮忙是人情，奉天成也是老司机了，下面团队他能不能带得动？你得给我个准信儿。”

鲁一帆回家后还在研究自己说错话的事情，他在如何培养柳旭这个人才的时候，有一套完整的想法，就是自己先带他入门，接下来让柳旭走一遍自己走过的路，先到国外进修几年，再返回国内和他共同攻克高层级急救医学的难关。

鲁一帆从未与柳旭有过任何私交层面的接触，顶多就是普通领导对下属的关心，之所以培养他，也完全出于公心。但照散会后大家看他的眼神，估计都在琢磨他和柳旭之间是否有什么不可告人的黑幕交易了。

事已至此，他没办法再解释了，好在孙主任懂他，也知道华丰市急救中心在业务发展上需要从长远去看，在鲁一帆正当打之年，做好梯队建设和管理，比以后岁数一大没了心气儿临时抓瞎强。

杨冰拿着样书在他面前走来走去好几趟，鲁一帆正刷着手机上的直播和小视频，沉浸在自己的世界里毫无反应，这终于把作家惹毛了，直接将书扔到了鲁一帆头上。

“咋了嘛?”鲁一帆赶紧把手机放下。

“书，我拿到自己的书了。”杨冰冲到他的面前尖叫说。

“在哪儿呢?我看看我看看。”鲁一帆赶紧配合。

“这是什么?”杨冰指了指自己的行凶工具问。

“哎呀，还是出版了拿到手中有质感，说吧，晚上想吃啥?咱好久没吃大餐了，我带你去吃顿好的。”鲁一帆翻看着手中的书说。

“我想吃螺蛳粉，你陪我吃。”杨冰眼珠一转说。

“法式大餐，蜗牛鹅肝。”鲁一帆试图扭转局势。

“老夫老妻不必那么客套，再说我也挺久没有贤惠过了，我去煮，你等着吃就好了。”杨冰说完就钻进了厨房。

“杨作家，跟你请教个事儿。”鲁一帆知道难逃此劫，跟进了厨房打开抽油烟机，想听听她对接下来自己准备做的一些工作的看法。

“说。”杨冰头也不回地在冰箱里翻找螺蛳粉。

“你说我让柳旭拍点儿小视频，搞一搞直播，把他包装成个网红医生，这事儿靠谱不?”

“网红医生?你家不就有一个?”杨冰指了指自己。

“没开玩笑，认真的，我想让你和老白轻松点儿，既然是网络时代，咱就按时代节奏走，尽量少用地推式宣传了，除非有企业学校这种机构点对点接应，否则事倍功半。”鲁一帆说。

“你说这个倒是在理的，我早就跟你说，你也应该多接触一下社交媒体，精英阅读的是书，普通群众阅读的是碎片化信息，咱不带偏见地讲，这世界精英多还是普通群众多？”

“当然普通群众多。”

“所以呀，虽然急救医学是少数派，面向的受众群体却是多数派，你们早就应该跟着时代节拍走，这儿都开始跳俄舞了，你们还慢三快四嘭嚓嚓呢，显然腿脚不利索。”杨冰把锅放在灶上开始烧水。

“我记得咱俩结婚时候拍的那些视频都是你剪的，回头给点儿技术支持呗。”鲁一帆贴在厨房门框上说。

“也不知道你们急救中心给我开了多少钱工资，我这儿好不容易辞了工作专心写作，现在搞得反倒比之前上班的时候还忙了。”

“我豁出去了，只要你肯点头，那个臭烘烘的螺蛳粉，你做多少我吃多少。”鲁一帆像是下了很大的决心似的。

“想得美，你都吃没了我吃啥呀？”杨冰撇撇嘴说。

二十八

关婷出院的时候回家才发现，林童已经把家里所有的煤气管道都换成新的，并且安装了足够安全的警报系统。这次煤气中毒的大难不死，让她对人生也有了新的理解，意外本就是生命无常的最好注脚，那么人能做的就是坦然面对所有该来的和不该来的。自己以前活得太紧张了，每一根神经都仿佛时刻在准备战斗，可是一旦当她的肉体濒临崩溃，连呼吸都变得奢侈的时候，才懂得任何执念都是徒劳无功的。

关婷的眼睛开始变得有神了，她觉得自己应该好好重活一次，把以前的东西该忘的忘掉，该扔的扔掉，该摒弃的摒弃掉。

方糖很担心关婷的状态，想在这边陪她住几天，但被关婷拒绝了。关婷送了她一个礼物，是一张电影票，那是一部爱情电影，聪明如方糖当时就明白了，这是关婷在给她和林童制造机会。

“丫头，你得主动点儿，倒不是林童有多好，而是你不能耽误自己的青春，合适不合适，既然机会来了，都要试一试，行就在一起，不行也别纠结。”关婷像个姐姐一样拉着方糖的手说。

“婷姐，我还能怎么主动啊？”方糖苦笑说，虽然她和林童都知道彼此有心了，可是谁都没去捅那层窗户纸。

“唉，要说也怪我们，他刚到公交公司的时候就是个小孩儿，身边除了我，全都是糙老爷们儿，这帮玩意儿，没一个好东西，林童不学坏，多亏他本性好。”关婷努力回忆多年前刚见到林童时的场景，可是此刻她的脑海里，这些场景都已经模糊了。

“她爸的事情，准备怎么跟孩子说呀？”方糖压低声音，指了指在小厅里写作业的孔若曦问关婷。

“林童没跟你说过她爸是怎么没的吧？”关婷挑了挑眉头问。

“没有，他只说过一次，就说没了。”方糖叹息说，“若曦也怪可怜的，这么小就失去了父爱。”

“她爸没得……并不光彩，我只能说到这儿了，我宁可她没有父爱，也不想那个人再活回来接近我和若曦。”关婷毅然决然地说。

“对不起，婷姐，我不了解情况，所以可能刚才的话说得有些不妥。”方糖立刻道歉。

“妹子，你不用这么敏感，反倒是我以前太敏感了，该瞒孩子的事情，能瞒尽量先瞒着，人生的路还长，有些过去的事儿啊，也不想压在她身上成为负担。现在若曦已经接受了目前的生活，她有我，还有你，还有林童，不是我逃避，而是真的不愿意打破现状，起码不想在她童年烙下个不利于成长的阴影。”

“行吧，姐姐，我知道你肯定有难言之隐，你放心，这事儿我也不会跟林童打听，我们俩感情能走到哪步现在还不好说，但我们对若曦的感情肯定都不会变的。”方糖真诚地说。

“谢谢你们了，我这身体基本也快恢复差不多了，明后天就回单位报到归队。”关婷如释重负地说。

“急什么呀？再歇一段呗。”

“虽然看病有医保，但没进项也是个问题呀，我还得存钱供若曦上大学呢。你别多心，不是钱的事儿，有工作当然要努力，人得积极起来，活着才有意义。”关婷粲然一笑说。

电影奇烂无比，看得林童不停在打瞌睡，散场后，他见方糖紧绷着脸，立马意识到自己麻烦大了。关婷为表感谢，买了票请两人看电影，创造机会给他们，自己要是这样怠慢，得罪了方糖不说，还浪费了关婷的一番心意，赶紧提议要请方糖吃火锅来为自己在电影院里的表现赎罪。

方糖在火锅店里点了满满一桌子菜，林童原本以为这姑娘非要摆排场，结果看到她真的一盘一盘像兔子吃玉米粒一样把绝大部分的菜都送进了肚子，不由得倒吸了一口冷气。

“吓着了？”方糖指着林童手边的盘子说，“你把那盘茼蒿递给我。”

“我看你也不胖，咋这么能吃呢？”林童小心翼翼地递上盘子问。

“我这叫冬补，今儿外面都上冻了，你穿这么少还吃这么少，冬天会冻成冰坨子。”方糖把茼蒿下在锅里说。

“才不会呢，我以前开公交的时候，冬夏都是短袖，三九天最多下车套件外套。那会儿我师傅说我是傻小子睡凉炕，全凭火力旺。”林童抖抖肩膀说。

“你师傅就是若曦爸爸吧？”方糖若无其事地咬着筷子盯着火锅里面的菜问。

“是呀。”林童想起孔宪哲的冲动，遭遇和转变，不由得叹息了一声。

“哦对了，若曦那天说你喜欢我。”方糖突然话锋一转。

“胡说。”林童上一秒还沉浸在对孔宪哲的惋惜和怀念中，下一秒就被她突如其来的一句话给整蒙了。

“那你就是不喜欢我咯。”方糖见林童满脸通红，就想逗逗他，于是接着补刀，“这顿饭也不便宜，待会儿还是AA制吧，我吃得多，我出大头。”

“不是。”林童不是傻瓜，当时就想出了对策，“若曦也跟我说过，你喜欢我。”

“这小丫头片子，我啥时候……”方糖话才出口就知道上当了，“嘿，这才多大呀，比她妈都会保媒拉纤。”

“我看还是家庭作业少，你给布置的任务也不多。”林童乐了。

“你到底咋想的？”方糖想起关婷那套青春短暂的说辞，决定和林童把话挑明，不能再跟他这儿打太极了。

“我虽然现在工作稳定挣得不少，房子也买完了，但是目前没有积蓄，家里倒有个爷爷，说到底还是个卖手腕子的工薪阶层。我知道你各方面条件都不错，总担心你家里会觉得我高攀。”林童终于说出了自己的终极隐忧，他这样的男人不能不直面自己穷小子的定位。谁都知道天鹅肉好吃，但他不想当让人鄙夷的那个癞蛤蟆。

“哥哥呀，你怎么弄得咱们俩像是来这儿相亲的呢？不是一说有感觉就立马要结婚的。”方糖显得十分无语。

“我也明白，可总觉得，我现在还不够体面吧。”林童觉得自己在方糖面前，更像是个卖苦力的。

“你还不体面？孔若曦在他们班里都快把你吹上天了，她叔，开救护车，警报一响，红灯都不停，所有车子必须给让路。对了，还说你也要参与救人。”

“那倒是，我们车上每个人都得有急救常识，鲁医生是咱们省内急救医学界第一高手，他教我们，回单位了还得练习，胸外压和人工呼吸有时会持续好久，那个很累的，这时候要换班上。”林童一说到工作就来了情绪。

“别说，你这么絮絮叨叨地聊起工作的样子充满了热情，还真挺让人动心的。”方糖甜甜一笑说。

“你笑得也挺甜的。”林童心中泛起了一丝温柔。

正当两个人含情脉脉相互对视时，林童的电话响起了救护车警报铃声，他连忙掏出手机，果不其然，是鲁一帆用紧急电话打来的，这个铃声和这个号码，意味着要出任务了。

“领导你说。”林童马上接通电话。

“林童回单位拿车，101路车海鲜市场站附近发生连环车祸，把一号车开到现场。”鲁一帆交代任务简单明了。

“收到。”林童挂上电话起身才想起来一个事儿，转头问方糖，“婷姐出车了？”

“昨儿就出车了，她说101路售票员少，谁也不愿意过来顶班。”方糖不明白林童为何突然问这个，但此时她已经把自己的车钥匙从包里拿出来递给了林童。

“我的天哪，不会这么倒霉吧？”林童头也不回地朝外跑去。

“你……你慢点儿。”方糖不顾店里其他人的侧目冲林童背影喊了一声，也不知道他能否听见。

电影院离急救中心不远，林童以极快的速度换车上路，这一路却都在默默祈祷，关婷千万不要再出事儿了。最近几天，连他都看出了关婷有所变化，变得更乐观了，变得更清澈了，甚至变得更主动积极地在生活中寻找乐趣了，给他和方糖当红娘，在关婷看来就是个乐子事儿。

林童很高兴能看到关婷的这种转变，大难不死之后顿悟一样的转变。

可是他了解101路车组，那组人统统是疯子，车开得极快，在华丰市臭名昭著，私家车上路见到了101路都躲着走，连那些开出租的老司机都觉得他们仗着车大，抢道轧路欺负人。

今天的地面结了一层薄冰，这样的天气，在海鲜市场那种水产品集散地周边很容易引发车辆事故，林童几乎可以断定，一定是101路的莽撞司机继续玩生死时速，这种不要命的开法，一旦出了事故就是大事。

他现在即使再急，也必须提醒自己，开救护车虽然要速度，但不能以危害路上其他正常行驶的车辆为前提玩命。

林童只能祈祷，为关婷祈祷，希望出事儿的车辆里没有她，希望不是她跟的车。

二十九

海鲜市场在华丰市老南城的边缘地带，那边原本是片水塘，当地人守着水塘汇聚成了鱼市，后来水塘因为城市建设填平了，规划成了一个菜市场，经营菜的商贩少，卖水产品的商贩多，就成了一个海鲜市场。

由于地理位置是在老城和新城的交界，来往车辆平时就不少，但停留在那儿的都是些运输水产品的货车。最近天冷，这些货车晃出来的水到了地上就成了薄冰，经常会发生堵车情况。

事故的起因是一辆101路公交车超速，与刚从海鲜市场卸货出来的一辆大货车抢道，两辆车侧向撞上了，天冷结冰路太滑，其他车来不及反应，大大小小一共七辆都搅进了这场车祸里。

鲁一帆早于林童到了事故现场，而在他之前，柳旭和奉天成的九号车和其他两辆救护车已经到了。此时所有路过的车都堵在一起，一片混乱，交警团队正在协调挪车，医护人员往返三百米的距离间来回跑动往出抬人，可惜这样的人力挪动相当迟缓。

一脑袋汗的柳旭见鲁一帆来了，连忙做职权交接，他要去里面进行紧急处置，外围请鲁一帆进行统一协调，人手不够，间距太远，还得再来车来人。正在二人言简意赅地分划责任时，一个黄头发的快递小哥骑在摩托车上正在踮脚看热闹，柳旭低头一想，突然冒出来一个计划。

“鲁医生，这附近快递小哥很多，咱给他们培训过几轮，里面现在至少三十个轻重不一的伤者，要不要让他们临时帮忙做一下义务担架员？先把轻伤的挪出来。”柳旭跟鲁一帆请示。

“我看可以，你在里面判断挪动情况，我在外面协调关系接应伤者，过会儿一号车来了，再和各医院沟通，让他们准备。”鲁一帆点了点头。

“兄弟，你过来。”柳旭不敢怠慢，摆手把那个黄头发的快递小哥叫了过来，“还认识我不？”

“认识，你不是急救中心那个……”快递小哥敲着脑袋冥思苦想。

“别琢磨了，来不及了，你联系同事，跟我往里走，到事发地点帮忙往出挪伤者，有没有问题？”柳旭盯着他的眼睛问。

“可是……这……”快递小哥有些犹豫。

“挤对我的时候你可厉害了，赶紧叫人来帮忙。”柳旭扔下这句话，就转身奔赴车祸肇事的核心地带了。

林童来的时候，里外正在形成衔接，车辆也在交警的指挥处理下有条不紊地挪动。林童把一号车停在了二次确认伤者伤势的鲁一帆身边，打开了后面所有的几扇车门，以便鲁一帆取器材，这时范恬也赶到了。

“没想到，咱们在快递公司做的培训真的有成效了。”范恬看着源源不断在两端来回跑着挪人送药搬器材的快递小哥，像是看见了一条生命通道。

“这个，腹内有血，脾脏破裂，让他先走，告诉人民医院准备手术。”鲁一帆把一名伤者交给了身后的一组医护人员，抬头说，“别看热闹，抓紧接应。”

“鲁医生，我想进去一趟，看能不能在里面帮上什么忙。”林童迟疑了一下说。

“好，进去告诉柳旭，实在没办法的，必须果断放弃，争取时间抢救能救的。需要器材让快递小哥带话，咱车来了，可以随时调取周边公私医院的资源。”鲁一帆点点头。

“鲁医生，我也想……”范恬一看鲁一帆瞪她，被瞪得毛骨悚然，赶紧改口，“我也想帮你，需要什么你告诉我。”

林童沿着马路牙子边的一条窄路往前跑，见车就跳，见架子就钻，很快就抵达了事故发生的现场，他看到一群快递小哥正在死命托着侧翻倒在沟里，车体已经扭曲变形的101路车，让柳旭能有一个弯腰进出的空间往外拖人，林童毫不犹豫地钻了进去。

柳旭见林童进来没搭话，他已经在检查车内第五个无法动弹的伤者伤情了，这是一个又胖又壮的中年男人，肋骨和手臂已经断了，额头处磕了一个大口子，和其他伤者一样动弹不得，求救的声音混杂在此起彼伏的哀号之中。

“托腿拽腰。”柳旭指了指男人的腰，却发现林童正在左右观望，“看什么，快呀，人力千斤顶撑不了多久。”

“好。”林童来不及思考，立即托腿拽腰，协助柳旭把伤者运到了车外，由奉天成带着黄头发的快递小哥用担架接应了过去。

林童再进101路车里的时候，径直往售票员的座位方向爬过去，可他到了才发现售票员的上半身已经完全被卡在两个扭曲的座位中间了，腹部被一块玻璃刺透，身下是一摊触目惊心，正在缓缓凝固的黏稠血液。林童不顾一切地扑上去移动卡住的座椅，想要看清里面的人是不是关婷。

“那个没救了，抓紧往出接着拖人。”柳旭气急地喊道，“快来帮我把这些车窗杆子拆开。”

“这个有救，这个还有救。”林童拼命想拉开的座椅连在车子的底盘上，他一个人根本挪不动。

“听你的还是听我的？放开那边。”柳旭把拆下来的杆子扔向了状似疯癫的林童。

林童被杆子打到后，终于有些清醒了过来，他把手搭上售票员因失血过多而苍白的手臂和大腿，动脉已经没有任何活动迹象了，咬咬牙一转身，过去帮柳旭拆杆子。

“我来就已经排除过了，车上有两名死者，一个是售票员，一个在最后一排，现在尽量清除内部阻拦，让里面能动的人试试自己往出爬。”柳旭指了指凌乱不堪的车内说。

“好。”林童忍着悲痛点点头，他尽量不去想那个售票员到底是不是关婷，命运就是命运，人类无法挣脱。

两个人在快递小哥们的帮助下连拖带拽，终于把车上所有还存在生命迹象的人都挪出了车外，此时外面道路已经清理开了，一辆大吊车贴近，把这辆101路车整体吊直起来，消防员手持器械开始拆卸车身，往出搬运里面的尸体。

林童像个机器人一样，麻木地听从柳旭指令，在车旁检查各伤者情况，进行归类和处置。他甚至不敢回头去看，怕一转身，就见到关婷最后一面。

在整个车祸事故及其救助过程中，除了101路公交车上两名死者外，还有一辆私家车上一位副驾驶在送往医院的途中因失血过多而不治身亡了。其他伤者的伤情分重度、中度和轻度三个层级，均无即时生命危险，下一步由医院正常接诊救治。

当林童直起腰身的时候，他觉得天旋地转，冷风中，一身汗水已经湿透了略显单薄的衣衫。他茫然地向四周看去，却意外地发现，关婷正在围观的人群中捂着嘴哭泣。

“婷姐？”林童眼前一亮，终于按捺不住情绪，不管身上的血和汗，扑前几步就抱住了关婷，哇的一声就哭了出来，“我以为你在里面。”

“我们车在后面，这几天我脑袋不舒服，晕车总吐，司机老郝没敢快开。”关婷泪流满面，拍了拍林童的后背说。

“没事就好，没事就好。”林童放开了关婷，这时他才发现，自己的身体正在无法控制地哆嗦着。

急救中心的人逐步开始收队时，鲁一帆捶着酸麻的后腰，看见了林童正在关婷身边擦眼泪。一些快递小哥围拢到了柳旭身边，柳旭此刻毫无上次在快递公司时的局促感，正和黄头发的快递小哥拍拍打打、勾肩搭背。

“鲁医生，一号车清理完毕，药品和器材消耗清单已经备案上传到了系统。”范恬从车上下来对鲁一帆说。

“都说他胆小害羞内向，我咋没看出来呢？”鲁一帆放松后，笑着看向柳旭那边说。

“柳医生？”范恬转头看到柳旭嘻嘻哈哈的样子，也咧开了嘴。

“有个词儿，我记得有个你们年轻人的词儿形容他这种人非常准确。”鲁一帆冥思苦想，“那个词儿就在我嘴边，居然忘了。”

“闷骚？”范恬吐了吐舌头。

“哦对，闷骚。”鲁一帆点了点头。

柳旭虽然并未听到鲁一帆和范恬在背后说他，却像是有了感觉一样突然转头，正好与范恬四目相对，他脸色一红，赶紧把目光挪开了，但这一眼，却被身边的黄头发快递小哥看到了，快递小哥见是范恬，小跑两步过来跟范恬打招呼。

“小姐姐，还记得我不？”

“记得，你不是刺儿头吗？”范恬一指鲁一帆，“这我们领导，你可别再胡言乱语出洋相了。”

“领导好。”黄头发快递小哥点头哈腰嘿嘿笑。

“小伙子，干得不错，辛苦你们了。”鲁一帆识趣地表完态就进了车里等他们。

“柳医生说收工后请我们去喝酒呢，一起去呀。”

“就他那点儿酒量，上次喝完哇哇吐，还是我把他送回家的，你们可别跟他喝，不尽兴，两瓶倒。”范恬撇撇嘴说。

“小姐姐提醒我了，吃那种先付钱的自助，省得他喝多了没人买单。”

“好哇，柳医生！你可真是醒酒就忘脑袋疼啊，还张罗喝呢？”范恬叉着腰到了柳旭面前。

“兄弟们都累得够呛，两桌人而已，大家一起喝点儿放松放松。”柳旭不敢直视范恬的眼睛，上次他们俩在吃喝玩乐一条街喝酒时，柳旭喝多断片儿了。第二天早上，柳妈妈各种逼问，送他回家的姑娘是怎么回事儿，这几天他都不敢跟范恬打照面儿。

“一起去吧，小姐姐。”快递小哥们起哄说。

“林童，你交完车，晚上咱一起去喝酒啊？”柳旭转身问林童。

“我不去了，你们去吧。”林童侧过脸，怕被他们看出来自己哭了，随口回应了一句。

“你俩的酒量，半斤对八两，我是说啤酒。”范恬耸耸肩说。

三十

林童在给方糖送车的时候，又补请她吃了一顿饭，饭后在龙城花园地下停车场分开的时候，两个人吻在了一起。就在嘴唇和嘴唇分开的时候，林童突然想起了关婷那张脸，莫名地有些奇怪，他匆匆和方糖告别后，逃也似的回了家。

到家后的林童在和方糖用微信聊天时，心中还是久久不能平息，因为他发现自己满脑子想的都是关婷。自打成年后，林童就在公交系统里混，从公交驾校学徒，到公交车司机，天天跟一帮老爷们儿一起摸爬滚打，唯一近距离接触的女性就只有关婷了。

孔宪哲进监狱之前，林童和关婷几乎是没有秘密的，自己怎么被师傅骂了，又因为啥事感到烦恼，他都会跟关婷说，那时的关婷就是个师娘，总是很耐心地开导他，避免林童走孔宪哲那套动不动就着急发火的老路，让他能够迅速地成长为一名心态上也健康合格的司机。

后来出事了，孔宪哲因为在驾驶过程中情绪失控，身陷囹圄，林童作为他的徒弟，义无反顾地扛起了照顾和维护师傅家庭的重任，得空就去接送孔若曦，帮助关婷解决家里家外工作生活中困扰她的麻烦，这段时间的关婷更像他的姐姐，至少需要部分依靠他，才能活得更好。

再后来孔宪哲死了，由于关婷的心态问题，一度使林童和她的关系十分紧张，而孔若曦的成长，林童又不能不关心，只好去修补调整和关婷的相处模式。前些日子关婷煤气中毒大难不死，终于想要主动地为自己和女儿活上一世，这让林童既感动又欣慰，同时也对她产生了一些怜惜。

关婷在林童和方糖的暧昧过程中打了个助攻，让两个人终于可以把那层窗户纸给捅破。这原本是件水到渠成的事情，谁也没想到，101路的一场事故，让林童在面对以往毫无惊惧的急救现场时，第一次感到了害怕，他真害怕，那个他死活都没拽出来的售票员就是关婷。直到关婷出现，他的情绪才第一次在清醒状态下失控，扑过去抱住关婷，感受她还活着，这让林童无比庆幸。

自己这是怎么了？林童在罕见的失眠夜，听着林卫国在下铺的呼噜声，不停地问自己。

无论从哪方面说，方糖都是个理想对象，年轻、漂亮、乐观、积极、善良、多情……把全世界的赞美之词加到方糖身上都不会显得突兀。现在毫无疑问，他们已经成了情侣。可为何就在此时，自己一转身的工夫，发现始终在身边的关婷才能让他觉得不可替代呢？

林童对自己的道德品质产生了严重的怀疑，以至于第二天上班的时候都几次走神，幸亏没有什么特殊任务，鲁一帆他们好像正在忙着酝酿什么事情，林童思虑良久，决定晚上去一趟钢管厂家属楼，正好101路在整顿，停了一半的车，关婷因为身体不好，主动请休在家。

林童也不知道自己到底想去干吗，就是很想去看看关婷，用和以往不一样的视角去看看关婷。

孔若曦被方糖接到了方糖家里补课，关婷现在已经不在意那些虚无的自卑感了，她觉得方糖家庭条件好与坏不重要，而孔若曦在越小的时候，见到越多的社会层次，以后的格局和眼界才会高一些，起码不会像她一样冲动无知。

林童并没有空手进门，他还拎了一些水果和干果，水果是给娘儿俩补营养的，干果是特意买来给关婷补脑的。

“怎么，还不敢上门呢？人家都大大方方跟我去见了你家爷爷了，你咋这么胆小？”一身休闲睡衣的关婷开门让林童进来，调侃他说。

“不是，就是特意来看看你的。”林童把东西递给了关婷。

“看我干啥？我没事儿了，就是身上没啥劲儿，估计养养就好了。”关婷接过东西，到厨房去洗水果。

“那个，这几天若曦听话不？”林童倚到了厨房门上，没话找话地问。

“还行吧，她呀，心里也有事儿，多亏了方糖，那姑娘可真不错，既能帮孩子做功课，还能给孩子解心结。”

“你觉得我能配得上人家吗？”林童问。

“那有啥配不上的？你虽然不是什么年少有为的大学高才

生，可咱华丰市驾驶技术比你好的能有几个？何况现在你又去了急救中心上班，怎么说也是个专业人士。别琢磨那些有的没的。”关婷把水果端出来，捶了一下林童说。

“我总觉得，像我这种当司机的，和教育系统的人根本不搭界，共同语言少。”林童挠挠头说。

“所以你也得积极学习呀，上进才能保持住优势。我可看见你们单位那些人才了，向他们靠拢靠拢就够了。”

“咋靠拢我也是个司机，不是大夫。”林童想起单位的八卦说，“你说这事儿怪不怪，大夫找对象基本都是医护界的，我们单位，一个大夫就跟一个护士好，就像咱们车上，有些司机和售票员是两口子一样。”

“净瞎联系，重要的不是对方职业，重要的是对方是什么人，我岁数小的时候，觉得那谁血气方刚，纯爷们儿，可是这人底子就不好，血气方刚里面都是暴力倾向。”关婷觉得自己现在已经可以平静地去说孔宪哲了，就像在说别人的事情一样。

“婷姐，除了那谁之外，你有没有对其他男人动过心？”林童想了想，在这种情况下，没有说出“师傅”二字，用了一个模糊的第三人称。

“嗯……”关婷低下头躲开了林童的注视，拿起一颗葡萄塞进了嘴里，低声说，“没有。”

“怎么可能没有呢？你才大我七岁，这岁数正是好时候，怎么可能没有呢？”林童执着地问。

“可拉倒吧，我都老成啥样了？”关婷笑着摇摇头，仍然不看林童。

“姐，你不老哇，你这么漂亮，迟早得要往前走一步的。”林童把头向前一伸，就闻到了关婷头上洗发水的味道。

“不唠这个了，我呀，后半辈子就想开开心心潇潇洒洒带着女儿过，少些麻烦少惹气，等若曦长大能撒手成家了，我就开始穷游，走遍祖国大江南北。”关婷躲了一下，到厨房又去把干果往盘子里装。

“婷姐，我遇到了问题，一个特别严重的问题。”林童把心一横，冲着厨房喊。

“啥问题呀？”关婷的声音从厨房里传了出来。

“我觉得我的心不在方糖身上，在另一个女人身上，之前我没发现那个女人好，可是一想到那个女人会永远离开我，我就突然间崩溃了。”林童动也不动地说。

“像你这种小年轻的，那股劲儿上来是有点儿手忙脚乱，想得多，可我必须告诉你，对感情一定要专一，否则就是不负责，是混蛋。方糖是你唯一的选择，要不然到最后，你会弄得鸡飞蛋打。”关婷在厨房里对林童说。

“嗯。”林童正想要再说些什么的时候，外面传来了钥匙开门的声音，关婷在医院的时候，就已经把钥匙给了方糖。

“你啥时候来的？”方糖进屋看到林童，眼神里充满了喜悦。

“林叔叔，葡萄酸吗？”孔若曦扑过来抱了抱林童，目光却被桌上的水果吸引了。

“酸，很酸，贼酸。”林童像开玩笑似的拍打了一下孔若曦，其实他根本就一粒葡萄都没有吃。

“这个人不敢去见家长，给你爸妈买的水果和干果，都在他临阵脱逃的时候拿来孝敬我这个师娘了。”关婷从厨房出来，把干果放在了桌上，“你俩先唠，我带若曦到卧室问她点儿事儿。”

从关婷家出来，林童被方糖拉着在这片居民区附近散步。路灯下，方糖把冰凉的小手插到了林童夹克的口袋里，和他温暖的大手握到了一起，林童因为有心事，一路上都很沉默。

“怎么了？还因为101路车祸堵得慌？你们又不是万能的，意外谁都不想，你们尽力了。”方糖在前一天林童回来的时候，就感觉到了他的不正常，但她以为林童是因为新闻上有人不幸罹难的消息所以才这样的。

“方糖，你觉不觉得跟我在一起会有迁就的感觉？我没啥文化，素质也成问题，现在这份工作虽然很有意义，但是升到顶也是个司机。”林童一脸严肃地问。

“没有哇，我不是跟你说过嘛，你不用琢磨这些外在因素的，其实咱俩还蛮互补的，你看，我死宅，单位和家里两点一线，很少往外跑；你呢，天天开车在路上四处救人。我是做教育工作的，人称人类灵魂工程师，你是做急救工作的，拯救的是肉身。我一开心就叨叨叨，你一开心就抿嘴笑。这不是挺好嘛。”方糖转到林童正面，搂着他的脖子说。

“是挺好的。”林童有些敷衍地在她凑过来的鼻子上吻了一下。

“你呀，一个经常见人生死的家伙，怎么这么瞻前顾后的？我爸说，就算你是个捡垃圾的穷光蛋，只要人好对我好，他也舍得把我扔到你的狗窝里。”方糖用头顶蹭着林童的下巴说。

林童晚上回家的时候，林卫国正在摆弄存折，他见孙子进屋，小心翼翼把几张存折都铺到了桌子上，一脸暧昧的笑容看着林童。

“啧，这老头儿咋贼眉鼠眼的呢？”林童脱了衣服往沙发上一瘫问。

“若曦她妈给我打电话了，说你和那个方老师已经好上了，让我准备准备。”林卫国坐到了林童身边说。

“你有啥好准备的？你拉个皮儿？把老脸上的褶子用烙铁熨一熨？”

“又没正形，爷爷刚才算了一下，咱房子是精装修，基本不用动啥，钱呢，还有一点儿，我准备先给你买辆代步车，楼下老吕他儿子是开卖车店的，交个首付就能提车，利息还给咱打折。你们俩呢，抓紧把事儿定下来，我再想办法置办婚礼。”林卫国絮絮叨叨地念叨着，“听说方老师家条件不错，咱也肯定不会怠慢人家姑娘的，爷爷这把老骨头砸碎了，也得让人家风风光光进咱家门。”

“方糖下个月预产期。”林童懒洋洋地说。

“这么快？”林卫国想想突然就拿起鸡毛掸子开始打林童，“小兔崽子，就知道诓爷爷，我告诉你，你要把这事儿给我搞砸了，我整死你。”

晚上睡觉的时候，林童又失眠了，他给关婷发了一个消息：“你明白我今天说的到底是什么意思吗？”

消息如泥牛入海，手机很快就休眠了。

三十一

柳旭在连环车祸发生的那天晚上又喝断片儿了，可他明明记得自己在快递小哥们的起哄下和范恬喝过了交杯酒，还借着酒劲抱着她进行了一番深情告白。这段记忆是如此清晰，以至于第二天早晨起床，鼻腔里除了酒味，就是范恬头上淡淡的洗发水香味。

“妈，我昨晚上怎么回来的？”柳旭光着膀子刚一出门，却发现范恬正坐在餐桌旁和母亲一起吃早餐。

“你问她。”柳妈妈笑着指了指范恬。

“我把你送回来的。你别多想，阿姨看我也没少喝，怕我自己半夜回家不安全，就留我在客房住了一宿。”范恬连忙撇清关系。

“你下回可不能再喝这么多了，吐得哪儿哪儿都是，人家姑娘一点儿一点儿帮你收拾的，我这老腰哈不下去，也没法儿帮忙。幸亏小范不嫌你恶心。”柳妈妈瞪了一眼儿子说。

“我……我穿件衣服去。”柳旭满脸通红，赶紧钻进了卧室。

上班的路上，两个人都没敢开腔，柳旭被母亲数落了一早上，早餐都没吃就拉着范恬跑出了家门，范恬倒是表现自然，在车里一直吹着口哨，看着窗外的风景，似乎他们只是一对上班顺路，同车而行的普通同事。

柳旭把车开到了单位的停车场，却没有开门下车，范恬看了看他，也没去拉车门，二人对视了一会儿，范恬突然间笑了。

“笑什么？”柳旭怔住了。

“笑你呀，会谈恋爱吗？”范恬大大方方地问。

“一点点。”柳旭挑了挑眉毛说。

“我看你不会，连句哄人的话都不会说，白帮你收拾半宿呕吐物了。”范恬一捏鼻子，“呕——”

“对不起。”刚刚还准备和范恬斗斗嘴的柳旭立马低下了头。

“下次不要再逞能了，帮你挡酒都挡不住，再说我也不能总在你身边。”范恬脸色一红说。

“为什么不能？你昨晚不是答应和我在一起了吗？”柳旭认真地抓起范恬的手问。

“好哇你，这事儿记得还挺清楚，你不是断片儿了吗？”范恬嘴上虽然在抱怨，但并没有抽出被柳旭攥住的手。

“该记得的事儿，我怎么可能忘？”柳旭坏笑把脸凑上去说。

“别闹了，一会儿人家都来了，看见咱俩这样会传闲话的。”范恬躲过了柳旭的吻。

“你未嫁我未娶，二十多岁的成年人，爱传就传去呗。”柳旭毫不在意。

“子系中山狼，得志便猖狂。”范恬打开车门，回手在柳旭额头戳了一下，便跑了出去。

柳旭带着笑意下了车，还没等他走到休息室，就被楼上窗子里的鲁一帆叫住了。鲁一帆让柳旭上楼有事说，柳旭脚步轻快，三步并作两步，一路小跑就到了二楼。鲁一帆看着他推门而入，一指他身后的沙发，刚才还得意扬扬的柳旭这才发现，杨冰和老白坐在沙发上，两双眼睛正齐刷刷看着他。

“咋了？”柳旭满怀忐忑，左顾右盼地看看屋子里的三个人。

“你别说，咱柳医生还挺上镜。”杨冰掏出手机，打开视频功能，看着摄像头里的柳旭对老白说。

“那当然，这小帅哥，休息室里的小护士们谁见他都脸红。”老白点点头。

“咋了？”柳旭看这俩人说话他听不懂，只好求助般地望向鲁一帆。

“没咋，咱们急救中心在普及急救知识的宣传方面遇到了阻力，与时代脱轨，我们想捧个网红医生出来。”

“我？我肯定不行啊。”柳旭连忙摇头。

“你咋不行了？你不是急救中心的人？”鲁一帆板着脸问。

“能代表急救中心的那都得是领导，鲁医生你形象气质和口才都是一流的，我连话都说不好，我不行。”

“我要年轻二十岁，我用得着你？再说你昨天在现场表现不是挺好的嘛，团结一切可以团结的力量，指挥若定，全力施救，新闻上都有你照片。”鲁一帆把自己的手机扔到了柳旭面前，那上面果然有一条关于昨天车祸的新闻，配图就是柳旭一脸凝重地在指挥快递小哥往出拖人。

“柳医生你也别推托了，就是你了，回头让杨大夫写几个小短片的脚本，咱单位地方这么大，随时随地可以开练。”老白一拍大腿说。

“对，先拍些有脚本的短片，还原一下咱们的日常工作场景，等柳医生适应了镜头，可以开直播，让他在网上进行急救知识答疑。”杨冰拍了一张柳旭满脸错愕的照片说。

“拍短片是不是还得给他找些配角哇？”鲁一帆问。

“哎呀，急救中心这么多人，护士司机领导都可以上，我琢磨琢磨剧情，可以给他凑个CP。”杨冰不以为然地说。

“啥叫CP？”鲁一帆一脸茫然地问。

“Couple。”杨冰说。

“哦哦，行，给他找对象我都有人选。”鲁一帆嘿嘿一笑。

“领导，杨大夫，白叔，你们能不能问问我这个当事人的意见啊？”柳旭本来就有些宿醉未醒的头现在感觉更大了，一脸苦笑地对这三个兴高采烈的人说。

“现在又不是什么胶片时代，一条拍不好就两条，一天拍不好就十天。反正脚本是你嫂子写，现场还可以照着你的状态改，我就不信你不行。”鲁一帆起身拍拍柳旭的肩膀说，“天将降大任于斯人也，必先练其演技。”

柳旭回到休息室里，却不见范恬的身影，他现在已经被鲁一帆突如其来的附加任务给整蒙圈了，就想拉着范恬倾倒一下自己的苦水。可坐在那里等了一会儿，范恬还没有回来，工作手机的呼叫器却响了起来，临江商业大厦附近有人当街突发心梗，奉天成已经去启动救护车了，柳旭一个箭步就蹿出了休息室。

就在柳旭跑到办公楼玄关的时候，范恬和几个小护士手拉手走了进来，柳旭脚步顿了一下，范恬面对他时，却只有一个冰冷的表情，柳旭来不及打招呼，也不敢多想，直奔九号车。

其实就在柳旭被鲁一帆、杨冰和老白三个人力劝他为急救中心露脸出镜当网红的时候，范恬在同事那里听到了一个令她震惊的消息。急救中心准备派遣一位医生作为访问学者到国外去学习更为专业的急救医学知识，人选已经内定，就是此前没能被提为副主任医师的柳旭。

大家都觉得鲁一帆这个后手实在是高，简直是给柳旭推开了一扇金光闪闪的后门。只要在国外进修几年，回来就是留洋博士了，鲁一帆内定的并不是学者人选，而是接班人人选。十年后，急救中心业务板块的扛把子非柳旭莫属了。

范恬清楚地知道，这不是一个能够编出来的小道消息，既然传得满城风雨，一定是上面有人透露了风声。可惜她的感觉并不是喜悦，而是自己被耍了。这么大一个秘密，柳旭是真能守得住哇，喝多两次，连跟前女友在哪儿约会都招了，偏偏对他即将出国的事儿只字未提。

两个人今早在车里已经算是明确了关系，在此之前，范恬甚至不介意让急救中心的同事知道他们谈恋爱的事情，可是现在不一样了，大家如果在这个节骨眼儿上知道了范恬选择和柳旭在一起，会用什么样的眼光来看她?

范恬心中刚刚燃起的爱情火苗就这样悄悄地熄灭了，她实在不想被人戳脊梁骨，即使她再喜欢柳旭，也不能任由他欺瞒哄骗，把自己当成他出国前的一次游戏对象。

范恬一整天都没怎么吃东西，完整地消化了早上在柳旭家里吃的那顿早餐。回家的路上，坐在出租车里，她才想起来哭，在司机从后视镜的注视下，一边沉默地掉着眼泪，一边暗骂狼心狗肺的柳旭不是东西。

九号车一直没停，等柳旭回到急救中心，寻思想喝口水喘口气儿的时候，天都已经黑了。柳旭在范恬的桌子上看到了一张写满了字的A4纸，纸上是几百上千个“骗子”，字压着字，字摞着字，把柳旭看得直发愣，他顺手就把这张纸带走了。

在车上柳旭就给这张纸拍了一张照片，想用微信发给范恬，可是他发现范恬居然把他给拉黑了，打电话过去，范恬也不接，搞得柳旭不知道自己犯了什么错误。正在纠结的当口，鲁一帆来了电话。

“今天还顺利吧？”

“还行，三个任务，两个都已经入院治疗了。另外一个……老太太到岁数了，家里签了确认单。”柳旭叹息一声说。

“我们是医生不是神。”鲁一帆知道柳旭尽力了，话题一转说，“你嫂子已经开始创作了，准备的是一个医护搭档进行抢救的小脚本，老白演个病人。”

“哦。”柳旭没心情再讨论这事儿，无可无不可地应了一声。

“护士你想选谁陪你出镜啊？慎重哦，这可是在选Couple。”鲁一帆笑着问他。

“范恬。”柳旭像是条件反射一样脱口而出。

“猜到了，其他的我安排吧。”鲁一帆说完就挂了电话。

三十二

关婷这几天在家里闲着的时候，一直在反复考虑一件事情，为了林童和方糖的幸福，基于自己的现实情况出发，关婷想要离开华丰市，回到孔宪哲老家那个远郊孔镇上生活。

这并非她一时冲动的极端想法，事实上，自从上次煤气中毒逃出生天以后，关婷考虑最多的就是她和女儿的出路问题。林童和方糖虽然都在不计回报地帮扶着她们母女，但这毕竟不是长久之计，无论从哪个角度，自己都不能坐以待毙，得更加主动地早做安排。

关婷私下里算了一个账，租出去的那套房子是硬通货，假如把它卖掉，回到孔镇，不但可以再买一套同等面积的新房，剩余的钱还能开个小买卖，那边的生活成本极低，她和女儿只要省着点儿花，等孔若曦上大学时，可以又存下一笔钱了。

华丰市已经不是一个值得她留恋的地方了，继续在这里的话，不仅经济上捉襟见肘，而且为了生活疲于奔命的同时，也将继续错失女儿成长道路上的一程又一程，所得所失是肉眼可见的。

在拿定主意后，关婷决定把行动也安排到日程上来，她要做的第一件事情就是确定自己身体无恙，毕竟身体才是一切力量的源泉。

和平医院的大夫在给关婷做了一系列检查后，认为她的恢复情况是乐观的，但是他又重申了一次关于假愈期的隐患。在煤气中毒患者的康复过程中，假愈状况并不少见，急性煤气中毒假愈期一般为两到三周，最短两天，长的可能达到五六周，也有极少数患者在半年之后才出现病症。在这期间患者和正常人一样，假愈期一过，症状开始显现，主要表现为精神障碍、分不清方向、丧失记忆、意识模糊、肌张力障碍、大小便失禁、肢体瘫痪等症状，致残率、致死率极高。

关婷一听大夫这么说，可把她给吓坏了。出院这些日子，她确实没有发现身体有任何异常，但是这种在头顶上悬吊一把刀子的阴影简直太可怕。自己要是真摊上了，能一死了之倒也好了，万一给若曦留下个傻妈妈，孩子这辈子不就完了吗？

大夫见关婷双眼直勾勾地被惊呆了，连忙劝慰她，这些只是医生必须跟患者交代的，病情恶化到最极端的一种可能，出于安全考虑，关婷必须在这半年内多来医院检查，发现症状及时治疗。

从医院出来，关婷想想又笑了，自己可能也真是太急了些，医生说的都是人家该说的话，留出来的时间也正好是她们母女能完全抽身而去的时间。房子挂牌往出卖，找买家不是一天两天就能决定的。孔若曦毕竟已经上小学一年级了，至少要等她这个完整的学期学完，无论如何把今年挺过去，明年开春再折腾才不会影响孩子当前的学习进度。

把事情都想明白了，关婷不禁对自己现在的状态又有了一个全新的认识，办法都是人想出来的，只要不偏激执拗，妥帖安排好计划，然后一步一步地按计划行事，坦然面对变化，就没什么过不去的坎。

晚上回到家里，方糖正带着若曦在小客厅里鼓捣一个手工作业，关婷给她们洗了点儿水果，自己跑进卧室看台历，规划着哪天辞职不干，哪天挂牌卖房，哪天起和孩子循序渐进地把要做的改变说了，好让若曦能够逐步接受。

看着看着，关婷突然想起个事儿，她把方糖叫进了卧室。

“咋了婷姐？”方糖笑容满面，擦着手上的胶水问关婷。

“好大个事儿，我差点儿给忘了。”关婷笑着指指台历说，“下周末，老爷子生日。”

“啊？林童没和我说呀。”方糖怔住了。

“小兔崽子知道个啥？本来脑袋里就没个数目字儿，工作一忙就更忘了，年年都得我跟着屁股后面提醒，现在连媳妇都找了，我这个当师娘的该退位了，这任务还是你来吧，小两口儿不能光想着自己的日子，还得给家里老人尽孝。”关婷掐了一下方糖的脸蛋儿说。

“嗯哪，婷姐，老爷子喜欢什么口味的菜呀？我提前安排，找个好点儿的饭店。”

“你可别找饭店，老头儿不爱凑热闹，就在家里做点儿就行，他们爷儿俩都爱吃饺子，手笨不会包……”关婷想了想说，“算了，到时候咱一起去吧，让若曦疯一疯，爷爷还能开心开心，要等你们孩子这么大了，老头儿估计也够呛能陪着玩了。”

“我俩，唉，早着呢。”方糖红着脸说。

“姐再多句嘴，你们呀，真的不能光想着自己，只要感情稳定下来，该为双方家庭多考虑考虑了，毕竟爷爷是真想抱重孙子的。”关婷摇摇头，“我也就这么一说，具体你俩咋考虑，多商量多琢磨吧。”

方糖晚上和林童视频的时候，刚一提到要给林卫国过寿，林童马上就知道了，这是关婷告诉她的。无论如何，关婷是一直在关心和关注爷爷和他的，也许回归到这种像亲人一般的状态，已经是他和关婷之间最好的状态了，林童没有把黯然神伤的一面表现出来。

林卫国其实也忘了自己的生日，他这些日子来回往返了几趟新区，就为了看一看新房的建筑进度，盘算着交房后哪个黄道吉日最好，心想只要林童争点儿气，他闭眼前就能给此生画上一个圆满的句号了。

不过老爷子心里也明白，房子这事儿是急不得的，人家开发商啥时候交钥匙，他们啥时候才能安排下一步，但是为了孙子谈恋爱方便，车是一定要买的。

老吕的儿子已经给拿了不少宣传资料，可每次他给林童看，这小子就是不上心。也许是在单位开车开累了，林童觉得出入骑个小破摩托远比弄辆代步车更方便。如果是他一个人，林卫国非但不会着急买车，还会夸他懂事，只不过现在不同了，小伙子出入必须体面，才能让女方不失信心，这点上，林卫国比谁都清楚。

于是林童到家看到林卫国坐在一辆新车里冲自己按喇叭，把他给吓了一跳，拽开副驾驶的门就坐了进去。

“挺好吧？”林卫国拍了拍方向盘说。

“你这老头儿可真是敢花钱，一天没照顾到，你就给我花出去十几万。”林童叹息说。

“没那么多，首付三万多，剩下慢慢还就行了。”林卫国嘿嘿笑着说。

“房贷要还，车贷也要还，我一个月才挣多少哇？”

“慢慢还嘛，你的路还长，先把该置办的都置办了，总不能压着到老了才享受吧？人家姑娘跟了咱，咱咋也不能亏待了人家。”

“哎呀，我的天哪！别逼我了行吗？八字还没一撇呢，我就是谈个恋爱而已，最后是不是跟她还不一定呢。”林童揉着太阳穴说。

“胡说八道，不是跟她你还想跟谁？”

“你管不着。”

“好哇，你……”林卫国看林童若有所思的表情，不像是在开玩笑，突然心中一惊，“你是不是……是不是若曦她妈？”

“这都哪儿跟哪儿啊？早点儿上楼睡觉吧，记得检查手刹，车窗锁好，钥匙拔了。”林童说完推门就下了车。

三十三

范恬快恨死柳旭了，因为柳旭的点名，她被鲁一帆拉到了办公室，同样面对了一回三堂会审般的三人劝导。鲁一帆、杨冰和老白又一次轮番上阵，力劝她和柳旭搭档出镜。

“不可能。”范恬拒绝得比柳旭还决绝。

“这有啥不可能的？你想想，你俩往一块儿一站，一医一护，形象气质都十分契合，跟金童玉女似的。”鲁一帆的话里充满了暗示。

“鲁医生你不要把我们俩往一块儿凑合，我跟他虽然说不至于誓不两立，但最好井水不犯河水，你要是再逼我的话，我就辞职。”范恬斩钉截铁地说。

“你……你这孩子咋也这么不听话呢？”鲁一帆被她的态度给噎住了，想发火，但又觉得为了这件非正式职务内的事情发火不值得，只能给杨冰使了个眼色，自己端起杯子来气呼呼地喝茶。

“恬恬你跟姐说说，是不是柳旭欺负过你呀？”杨冰赶紧起身把范恬拉到了身边坐下。

“没有，就是不想跟他一起出洋相。”范恬低头说。

“咱拍的是寓教于乐的科普短片，何来出洋相一说？年轻人一起搭个戏而已，你至于这么大反应吗？”杨冰拍拍范恬的手问。

“反正我不想往他旁边站，更别说搭戏了，他那么会演，自己演独角戏好了。”范恬撇撇嘴说。

“你俩下楼帮我拍几张场地照片，咱能用上的场景，都拍回来我琢磨琢磨咋用。”杨冰转头对鲁一帆和老白说，这两个男人知道杨冰想和范恬单独聊一聊，互相看了看就起身出了办公室。

“嫂子你不用劝我，我范恬虽然没啥能耐，小护士一个，可也不是二百五，耍我不行。”范恬知道杨冰的攻心术厉害，起身就想走。

"谁敢耍你？谁敢欺负咱一号车的小公主？柳旭吗？你虽然叫我嫂子，我可是拿你当亲妹妹看的，要是柳旭始乱终弃，芳心纵火，姐可以天天吹枕边风，让鲁一帆去找他麻烦。"杨冰把范恬又按回沙发上说。

"没用的，整个急救中心，只有他是鲁医生的嫡传弟子，鲁医生对他是真的好，都准备把他安排出国了。"范恬摇摇头说。

"什么？鲁一帆要把柳旭派出国？"杨冰捂嘴低呼道。

"你还不知道？鲁医生没和你说过吗？千顷地上一根苗，说的就是咱柳医生，难怪人家连副主任医师都不愿意当。"范恬翻了个白眼说。

"这我还真不知道，鲁一帆从来没和我说过，毕竟这是你们急救中心内部管理的事情。"杨冰说到这儿突然想起问，"宣布了吗？"

"没……没有。"

"既然没宣布，你是怎么知道的？"杨冰抓住了问题的关键。

"急救中心那么多张嘴，只要有一丝丝风吹草动，谁会不知道哇？"

"这都是些小道消息，你不要听风就是雨，鲁一帆不公开宣布，这事儿就不成立。你也不用去问，我也不会去问，咱当女人的，就要有点儿矜持和城府。"杨冰果断地说。

"嫂……姐，那我该咋办？"范恬觉得总算找到了一个和她站在同一个阵营的人，杨冰说的话处处在理，而且都是在向着她说。

“静观其变，以不变应万变，该干吗干吗呗，听蝲蝲蛄叫，还能不种庄稼了？”杨冰咧嘴一笑，“你就答应鲁一帆和他搭戏，反正脚本我写，我还真就不信了，柳旭要想存心诓你，还敢在我这儿出镜和你演对手戏？”

“那，那好吧。”范恬想了想，勉为其难地点了点头说。

柳旭第一次见到范恬化了妆的样子当时就惊呆了，急救中心的护士是不可以带妆上班的，由于宣传工作的需要，杨冰和老白请了老白的一位专业化妆师亲戚来给二人化妆。柳旭脸上只是扑了点儿粉，可范恬一捯饬，却让整个急救中心当时无事看热闹的工作人员全都瞠目结舌。

杨冰的脚本编得非常巧妙，她写的是一对谈恋爱的情侣医护，在某停车场看到了倒地抽搐的癫痫症患者老白发病，二人迅速各司其职展开了救助。为了场景逼真，杨冰还特意弄了些八宝粥，让老白在倒地时当作呕吐物来往外哕，只是这个细节，她并没有告诉正在紧绷着脸，准备入戏的两位主角。

等到实拍的时候，柳旭需要和范恬从镜头外走进来，这时候作为导演的杨冰发现柳旭很想和范恬同步，牵住范恬的手，可是范恬疾走如风，还没等他够着呢，人已经到了老白的车子旁边。老白一看主演的走位到了，立马倒地抽搐，柳旭过来伏地看他的时候，老白一口八宝粥吐了他一手。

“白叔，你阴我呀？”柳旭小声对老白说。

“你自己吐的更恶心。”范恬一边笑着一边说，还不忘找机位。

“我啥时候……”柳旭习惯性想要顶回去，又想起自己喝完就吐的状态，范恬是知道的，所以没敢再往下说。

二人处置完了对老白的急救，还要冲镜头解释一下刚才他们进行的每一步动作，都分别对应着什么急救知识。这时候，柳旭又开始卡壳了，他看到围观的人和杨冰面前的手机取景框，大脑突然一片空白，不知道说什么好了。

这次范恬没像在快递公司一样给柳旭救场，就让这尴尬在众目睽睽之下继续着，柳旭憋得满脸通红，最后靠在拍摄用车上直喘粗气。

“就这点儿出息？鲁医生还真瞧得起你。”范恬冷笑着说。

“我……我咋招你了？”柳旭气急了，不管不顾地吼道，“微信微信拉黑，电话电话不接，你这人咋说变脸就变脸呢？”

“我凭什么留你微信接你电话呀？漫说你还没到鲁医生那个级别呢，就算真到了，你也甭想让我给你一个好脸儿。”范恬针锋相对地吼。

“你……你能不能把话说明白，为啥之前还好好的，突然就把我给屏蔽了？”柳旭完全没有意识到，他们的争吵不但发生在急救中心诸多同事的围观下，还在被杨冰拍摄用的手机记录着。

“问你自己呀，阳关道，鲁医生为你铺好了，独木桥，是我的路我自己走，我没你那么虚伪，明明自己得了便宜还卖乖，明明早就有了安排还想撩一下别人就跑。”范恬越说越气，眼圈都红了。

“你俩……”作为监制的鲁一帆听范恬提到了自己，刚想开口，被旁边的导演杨冰给拉住了。

“苍天可鉴，我真不知道你在说什么！”柳旭急得直跺脚。

“祝你一路平安，在国外找个胸大屁股翘的洋妞，我拿美元给你随份子。”范恬说完就跑回了楼里。

“这都哪儿跟哪儿啊？”柳旭无助地看向所有人，发现所有人都在像看傻子一样地看他。

“那个，我能起来去洗洗不？”躺在地上的老白紧张地问，刚刚他就在两个人中间，生怕这俩家伙一时情急打起来，把他给连累了。

经过这么一闹，鲁一帆索性开了一个各车医生通告会，会议上直接下达口头通告，柳旭将在下个月起脱离一线急救医生岗位进入培训状态，预计明年春节前公派出国学习。这其实已经是个除了当事人柳旭之外，众人皆知的秘密了，所以大家反应不大。况且在当前的急救中心，业务能力能跟柳旭一较高下的医生并不多，凤毛麟角的有限几位还都远远超出了适合出国游学的年纪。

柳旭和范恬在大庭广众之下吵完一架后，就又恢复了自己那种喜怒难测的麻木表情，即使鲁一帆在宣布派他出国学习这件事时，所有人都半真半假地对他表达了一番祝福和期望，他也仍然面无表情，好像自己是个局外人。

鲁一帆并没有再找柳旭谈话，他想让柳旭冷静一下，既然事情都已经挑明了，那就没什么好啰唆的了，因为这个决定完全出于公心，是为了急救中心的未来大计着想。这个时候，他作为管理者，必须果断推行预定计划，稍有犹豫，就将进入人事旋涡，届时局面一旦失控，得不偿失。

三十四

林童围观了整个吵架过程，却也只是当个热闹看的，急救中心的人事变动他一点儿都不关心，同事之间互传小道消息这种事情显然不是他所擅长的。所以当其他车上的司机过来跟他打听范恬是何时和柳旭好上的时候，林童都会笑笑猛摇头，谁问都是“不知道”三个字。

林童早就安排了今天下午调休，他得回去给爷爷过寿，那边鲁医生一进会议室开会，他马上跑到奉天成那边打了个招呼就开溜了。

开着他那辆新车上路没多久，方糖就在手机上发来了视频请求，林童点开扫了一眼，孔若曦的小脸先凑了上来，原来方糖已经拉着关婷母女一起出发了。

“蛋糕拿上了，家里是不是没有什么菜了？我们直接买过去得了。”方糖在那边并没有看手机，而是一边看路一边问林童。

“林叔叔我想吃鱿鱼丝。”孔若曦叫嚷着。

“听到了听到了，家里还有好几袋呢。方糖，你们不用着急去买菜，这样，先到家里看看冰箱里还有什么，然后再下楼买都来得及，反正菜市场就在楼下。”等红灯的时候，林童把手机端起来说。

“我们怕爷爷饿，想顺手先给他弄点儿能垫肚子的东西吃。”关婷凑到摄像头前说。

“不用，他每天三顿饭可准时了，这会儿应该都已经吃完了，先回家吧。”林童冲那边咧嘴一笑说。

虽然是自己过寿，但林卫国今天并不开心，上次他和林童说的话始终在他脑海里回荡，老爷子这一辈子，该经历的也都经历过了，孙子这段时间的纠结，他起先并没在意，以为是刚谈恋爱的忐忑和不确定所导致的，可是现在他弄清楚原因了，事情的关键并不在于林童和方糖之间的感情如何，而是中间多了一个人，甚至不止一个人。

关婷肯定是个好女人，这些年林卫国都看在眼里的好女人，懂事知心还孝顺，可是好女人并不适合自己孙子呀。林童这小子是个生瓜蛋子，眼窝子很浅，成年后，常在身边的女人就这一个，现在看来，两个人之间果然有情况。这种事情如果让人家方糖知道了肯定会急眼的，林童要是脚踏两只船，到时候他这个当爷爷的面子上也过不去呀。

当林卫国得知今天关婷也会来的时候，老爷子就暗暗下了决心，他一定要把这事儿跟关婷挑明，以关婷的性格，自己一点她就知道咋回事儿了，进退尺度让她自己琢磨去，作为老辈人，他的要求很简单，让孙子圆满娶上个媳妇儿，平平安安给他生一个重孙子，为了这些，当好人当恶人他林卫国无所谓。

两辆车一前一后驶进小区，林童接过她们三个大包小包的礼物，不外乎是给林卫国买的一些衣服和保养品，最后由孔若曦拎着大蛋糕一蹦一跳上了楼。

几个人回家后，除了钻进房间里大吃鱿鱼丝的孔若曦之外，都感觉到了林卫国情绪不对头，林童大概知道这是怎么回事儿，所以尽可能绕在爷爷身边走，生怕他突然爆发，搞得大家都不开心。

冰箱里基本没什么东西了，最近林童单位事情多，平时也不怎么在家吃，林卫国自己能对付就对付一口，看得方糖和关婷都挺心疼，两个人在桌前坐下，商量着要买回点儿什么，才能把冰箱填满。

“别让婷婷去了，她身体不好，你俩带孩子去外面溜达溜达，随便买回来点儿啥吧。”林卫国见她们要出去，推了一下林童说。

“爷爷，你到底想干啥？”林童压低了声音贴在林卫国耳边问。

“我和婷婷说点儿事儿不行吗？”林卫国干咳了一声说。

“你们去吧，我正好陪爷爷聊会儿天，你们这些小家伙都不会和老人聊天的。”聪明的关婷知道林卫国有话说，把刚套上的外衣脱了就又坐下了。

方糖人比较单纯，她也没多想，就拉着林童和孔若曦一起下了楼，完全没发现林童一步三回头，生怕爷爷会给关婷难堪。

事实上，林童想多了，关婷见林卫国几次欲言又止，就知道老爷子想说的话不好听，索性主动先开了口。

“爷爷，我这次来，其实还真有件事儿想跟你说说。”关婷粲然一笑说。

“啊？啥事儿？”她这么一开口，反倒把林卫国说怔住了。

“我打算把那死鬼的房子一卖，搬回孔镇上去了。”关婷淡淡地说。

“什么？”这次是真把林卫国给惊呆了。

“那边生活成本低，有口饭就活，我整个小买卖，还能多陪陪孩子，你也知道，孩子小时候如果父母都不能长期陪在身边，她很可怜的。”关婷揉了揉脸说。

“你也别这么想嘛，毕竟若曦上学上得好好的，华丰市虽然不像北京上海，但不管咋说也是个大城市，镇上能有什么好的教育环境？”林卫国听她这么说，心软了起来，他觉得关婷更可怜。

“爷爷，我身体不好，恐怕以后不能再跟车了，可家总得养，孩子上学也总得供，像现在这样死扛不是事儿。离开华丰，一切都迎刃而解了。”关婷故作轻松地说。

“你是不是……因为林童?”林卫国艰难地开口问。

“想哪儿去了?当然不是,呵呵,爷爷你千万别再往那方面琢磨,我和林童啥事儿没有。”关婷斩钉截铁地说,“他自己四六不懂,一天到晚除了开车行,干其他的事儿都跟做梦似的,毕竟岁数小,见识也少,得让方老师刺激他成长成长了。你就抓紧给他安排婚事吧,到日子,我肯定回来帮家里张罗这事儿。”

“孩子,你不管缺啥少啥,跟爷爷说,爷爷肯定会管你,把你当亲孙女一样地管。”林卫国眨了眨那双浑浊的老眼说。

“没事儿的爷爷,我啥都想好了,啥都能挺过去,再等几年,等若曦长大了,我身体恢复过来,要有那个心,会再往前走一步的,爷爷你放心。”关婷说到这儿的时候,泪水已经止不住了。

“你跟人家说啥了?”林童这会儿冲了进来,见到关婷在哭,大声质问林卫国。

“能说啥?我能说啥?婷婷这么懂事儿,我能说啥?”林卫国吼了回去。

“你咋上来了呢?”关婷抬手擦了擦眼泪问。

“我就怕他上了岁数,脑子一浑,开始胡说八道。”林童拿起纸巾递给了关婷说。

“我像你呢?干啥都不计后果?”林卫国嘴硬说。

“行了,你们爷儿俩唠唠吧,我去楼下找她们。”关婷起身双手拍了拍林童的肩膀说,“别跟爷爷耍性子,他无论说啥干啥，都是为你好。”

关婷走后，爷儿俩谁也没开口，一个气呼呼坐在客厅，一个已经回了卧室翻箱倒柜给孩子准备红包。

关婷到了小区门外的菜市场，找了半天才在肉铺那里找到了正牵着孩子指指点点准备买排骨的方糖，她过去接下了其他几袋青菜和海鲜，还没等说话呢，身后就吵了起来。

吵架的一男一女看样子是一对夫妻，事情的起因很小，就是因为妻子在买鱼的时候，把电话掉进有水的鱼箱中，丈夫一直骂骂咧咧，妻子小声顶了两句嘴，就挨了一记耳光。

“你干吗打人?”方糖立刻冲上去制止。

“你哪儿来的？她是我老婆，我想打就打。”男人嚣张地喊道。

“方老师……”关婷在带孩子的时候会特别注意不与人发生冲突，她先把孔若曦挡在身后，拽了一把方糖的袖子。

“老师？老师有什么好牛的？你管得了你的学生，你还管得了我们家里的事？我就打她咋了?”男人抬腿就又踹了自己老婆一脚，把她踹倒在地。

“你疯了?”关婷连忙把女人扶了起来，女人露在外面的腰上居然有瘀青的旧伤，这让她也看不下去了，“这么多人都看着呢，你这叫施暴懂吗?”

“我马上报警，市场的人都可以做证，你当街行凶。”方糖掏出手机就想拨打110，却没想到男人上前一巴掌扇掉了她的电话。

“我让你他妈多管闲事。”男人对着方糖肚子也是一脚，把方糖踹出去几步远，孔若曦哇哇哭叫着扑了过去。

关婷再不能忍了，她扑过去就往男人脸上挠，两个人在厮打过程中撞翻了卖肉的摊床，男人在关婷拼命似的攻击中脚下一滑倒在地上，手却刚好摸到了一把剔骨尖刀，那刀锋利无比，只是向上一挑，就划到了关婷的脖子上。

方糖一见鲜血喷溅，连忙把怀里的孔若曦按在了肩膀上，死活不让她转头，自己则哭求旁边的人打电话求助。

惹了祸的男人完全没想到会是这样一个结果，讽刺的是，他老婆却迅速拽起了他，夫妻挤出人群逃之夭夭。

在楼上和爷爷赌气的林童是听到熟悉的救护车警报声才知道楼下出事儿了的，即便如此，他也万万没想到事情与他有关。本着业余时间也要帮忙协助同事工作的原则，林童外衣都没穿就跑下了楼，当他见到救护车停在菜市场门口时，心里才隐隐感觉到一些不好的预兆。

来的是九号车，指挥中心原本并未指定派九号车过来，可是柳旭在休息室里众人的目光中待得如芒在背，坐立不安，在指挥中心公共电台听到求救电话，马上招呼奉天成往出事地点赶。

到现场后只看了一眼，柳旭就可以判定伤者没救了，其实他见过关婷，但这会儿并没有认出来是对方，毕竟只有一面之缘，而且现在情况特殊。

“怎么了？”林童跑到近前时，只见方糖面无血色，坐在满是泥水冰血的地上，搂着哭背过气的孔若曦在不停颤抖。

“你咋才来呢？”方糖哇的一声哭了出来。

“干吗？你们干吗？”林童看到自己的同事在往关婷脸上蒙布，立刻上去阻拦。

“林童，她不行了，我们来之前，人就已经因为失血过量没了。”柳旭拍了拍林童的肩膀说。

“你滚犊子，你连个女人都搞不定，你懂什么急救？”林童急了，口不择言地推开柳旭，扑到了关婷身边，刀口只有一个，却极为巧合地割在了颈动脉这个血液流通量最大的地方。

“你救，你救，你就算把鲁医生找来，就算把神仙都找来，也不可能救得回来了。”柳旭也急了。

“刚才不还好好的吗？你搞什么呀？”理智告诉林童，对关婷已经回天乏术了，可情感却让林童难以相信这是事实，他苦笑一声，像聊天一样对着关婷的尸体问道。

“听警方说，凶手还没到路口呢，就被逮着了，他手上当时拎着凶器。”奉天成在和警方现场执勤人员沟通一番后，来到了柳旭身边说。

“叫鲁医生和杨大夫来吧，林童崩溃了。”柳旭对奉天成低声说。

三十五

林童确实崩溃了，鲁一帆和杨冰赶到林童家的时候，原本应该收车下班的柳旭和奉天成都在他家客厅里，惊吓过度的方糖抱着惊吓程度更严重的孔若曦进了卧室。在奉天成的电话中，鲁一帆夫妇大致了解了一下情况，杨冰进屋看到这个局面，贴着鲁一帆耳朵低声交代了几句，自己也开门进了卧室。

男人都在外面，鲁一帆根据杨冰的交代，故意没有理会傻了一般的林童，反而握住了林卫国的手，林卫国此时老泪纵横，他没想到自己这个生日居然过得如此悲伤。

“老爷子您千万节哀，现在您的身体是我们保护的重中之重，谁都不想意外发生，既然发生了，咱就得面对。”鲁一帆把准备站起来的林卫国按在沙发上说。

“还真就不如我死了呢，这条老命啊，早就活够了，一次次地白发人送黑发人，连孙子辈的人都没了，我还活个什么劲儿啊？”

“快别这么说，林童只有您一个亲人，他之所以这么上进，多亏您老爷子督促教育得好。”

“鲁医生……”奉天成很少见鲁一帆这样打官腔说官话，咳嗽了一声，示意他林童还在这里没缓过来呢。

“你们谁跟死者家属去签死亡确认单了？”鲁一帆像是没看

见奉天成的眼色一样，反而咄咄逼人地问柳旭。

“咱们到现场之前，人就已经没了，后面都是警方的事情。警方法医通知了关……死者的母亲，尸体没有去医院，直接奔殡仪馆那边了。”柳旭认真地回答鲁一帆。

“林童，我听说你强行要求推翻柳医生的伤情鉴定？”鲁一帆突然板起了脸，推了一把林童，大吼一声问。

“我……”林童在出事后，一直游离在关婷还没有离开的那个世界里，此刻被鲁一帆一推一吼给吓了一跳。

“你专业还是柳医生专业？教过你们多少次了？当现场主管医生下了定论后，任何人都不可以质疑他的判断，因为他是最终负责的人，你说柳旭判断不准，你能对你的言行负责吗？”鲁一帆的样子不仅吓到了林童，把客厅里的其他人也给吓住了。

“我不愿意……婷姐她本来还好好的。”林童终于哭出声来。

“生与死，存在和消亡，是不会以人类主观意志为转移的，为什么大家要避免发生意外？就是因为意外来了，我们人类的力量完全无法阻挡，所以生离死别本来就是常态。”鲁一帆严肃地说，“如果可以，我希望急救中心出任务时，帮病患保命的概率是百分之一百，能做到吗？”

“做不到。”柳旭小声地呢喃了一句。

“既然你和死者彼此视作家人，那就应该去殡仪馆好好地陪陪她，送送她，跟她做个告别。人生苦短，相遇有幸。人走了，我们留不住，那就应该去送送。”鲁一帆抬手重重地捶了林童一拳，“你能不能像个爷们儿？”

“我……”林童呼的一声站了起来。

“老奉，你受累送他过去一趟吧。”鲁一帆说完又对林童说：“我再给你两天调休，如果你回归工作还是这状态，那就只能辛苦老奉重新考虑安排一号车的驾驶员了，我是不敢跟这样的你一起出车的。”

林童和奉天成走后，鲁一帆和柳旭又在客厅陪着林卫国老爷子聊了许久，与刚刚那种官方的吓人嘴脸不一样，鲁一帆跟老爷子讲的都是林童的好，把他加入急救中心以来，在一号车上是如何配合医护人员，进行危重病患抢救的事迹全说了一遍。林卫国从来不知道原来自己这个不听话的孙子是个能够参与到救死扶伤事业中的英雄，一会儿哭一会儿笑地迈入了下一个年轮。

方糖除了受到惊吓之外，心中还充满了自责。她觉得如果自己当时不是那么冲动地去阻止那个家暴男，不与其发生冲突，那么关婷现在一定还在乐乐呵呵陪着林老爷子吃饺子。但是命运没有让如果发生，一件小事成了一桩惨案，看着刚刚被杨冰用催眠疗法引导着进入梦乡的若曦，方糖不知道自己将来该怎么面对这个失去了双亲的孤女，这种内疚的情绪她觉得自己大概一生都不能释怀了。

作为专业水准极高的临床心理学家，杨冰在方糖的哭诉中简单听完整个事件的来龙去脉后，对方糖心理状态了如指掌。

杨冰知道，如果这个时候不做心理干预，会给方糖留下一辈子的阴影和隐患。

“你很喜欢林童吧？”杨冰握着方糖冰冷的手问。

“嗯。”方糖不知道杨冰这时候为什么要问这个，只能胡乱点了点头。

“要是林童对你家暴的话，你能忍受吗？”杨冰明显感觉到方糖的手一哆嗦。

“不能，我会报警。”方糖坚决地摇摇头说。

“所以，你是一个正常正直而且底线分明的人，不要再责备自己了。如果一切重来，你还会去阻止那个家暴的男人，只是这次你会自己去和他拼，因为你知道会有意外发生。对吗？”杨冰温和地问。

“对，我不会再让婷姐为我出头了，可是我还会为那个女人出头。”方糖不假思索地回答。

“这种事情不能忍，也忍不了。意外之所以是意外，就是我们做了完全正确的选择，最后还会有意想之外的变化。”杨冰搂着方糖说。

“若曦太可怜了，她爸爸没了，现在妈妈也没了，她这么小。”方糖摸着若曦的脸说。

“她父母的事情我多少听说过一些，从现在来看，她妈妈是见义勇为的女中豪杰，即使得不到官方追认，当时在场的人们也都可以证明，婷姐是在阻止暴力事件时发生了意外，这完全可以让若曦知道，她应该以妈妈为骄傲。”

“不管我和林童未来的结果如何，我这辈子都会照顾若曦的。”

“姐姐的建议是，这段时间，你和林童都尽量不要接触若曦，让她有个安静良好不被打扰的治疗环境。”杨冰想了想说。

“治疗？”

“对，治疗，我刚刚给她进行催眠治疗的时候，她的主观意识有强烈的防备和反弹情绪。这孩子受到的打击太大了，超出了她这个年纪所能承受的极限太多。而且她心事本来就很重，你应该早就感觉出孩子的异常了吧？”杨冰看着方糖的表情问。

“是呀，她很敏感。”方糖点点头说。

“回头让鲁一帆和林童去和孩子姥姥那边协商一下，先跟我待些日子吧，但愿能够调整过来，不让她以后过于极端。”杨冰叹息一声说。

因为亲戚朋友少，孔宪哲和关婷两口子的人情关系淡薄，所以到了夜静更深，为她送行守灵的人全都走了。林童看着关婷那个孤零零的牌位，还有渐渐熄灭的烛火，不由得悲从中来，放声痛哭。

林童的哭声溢出了那一排摆放灵位供人怀念逝者的小屋，冲进了空荡荡的走廊，最终消散于冰冷长夜……

三十六

第二天一大早范恬刚到单位，还没等停稳车子，柳旭就强行打开车门坐了进来，他的眼睛里布满了血丝，明显这是一夜没睡。

“知道林童的事情吗?”柳旭盯着范恬问。

“听说了。”范恬点点头低声说。

“昨天是林爷爷过大寿，没想到……”柳旭叹息了一声说。

“意外嘛，谁都不想的，听说你到现场的时候，人早已经没了。”范恬以为他在自责。

“嗯，颈动脉切割型损伤，血液是呈喷溅状态流失的，准确地说，我还没等上车，那边就已经没救了。”

“但你毕竟去了。”

“昨天鲁医生去了，他说了一番话，我不知道林童有没有听进去，反正我是深有感触。鲁医生说，人生苦短，相遇有幸。我的理解是，只要能相遇就得珍惜，谁知道哪个意外会轮到我们?”

“你想干吗?”范恬这才明白，柳旭是被所见所感触动了，他上车来找自己聊的根本就不是林童的事儿，或者说，林童的事儿只是个导入重要话题的前置。

“我想请你嫁给我。”柳旭盯着范恬的眼睛认真地说。

“你别逗了，扛不住就请假回去休息一下吧。”范恬笑着说。

“我等一下就会上去找鲁医生谈出国的事情，我会明确告诉领导，在决定我人生大事该往哪条路上走的时候，他说话不好使，一切听你的。”

“柳旭你别坑我呀。”范恬笑不出来了。

“我之前根本就不知道有出国的机会，这是强行摊派到我脑袋上的任务，既然这样，由你来决定我该拒绝还是该接受。”

“我怎么决定？这么大的事情我怎么决定？”范恬急了。

“咱俩先把感情的事情定下来，之后你怎么决定，我都没有意见。你想让我留下，我就留下，在鲁医生身边努力工作，他不是会打击报复那种人。你想让我去进修，我就准备出发，鲁一帆能和杨冰把异国恋修成正果，我柳旭和你范恬也能。”柳旭以从未有过的坚决，斩钉截铁地说。

“你倒挺能帮我撑场面，我可没那个自信。”范恬翻了个白眼儿说。

“那你就让我留下，只要你说，我可以的。”柳旭拽过了范恬的手说。

“你撒开我，别烦人，人家都看见啦。”范恬满脸通红，手却没动。

“摄像头面前咱俩该吵架的都吵了，该干的架也干了，现在谁不知道咋回事儿？爱谁看谁看。”柳旭若无其事地打了个哈欠说。

“是走是留这事儿咱从长计议，你要听我的话，现在就去请个假，赶紧回家睡一觉，要不然状态不好，出车我也不放心。”看着满脸憔悴的柳旭，范恬的声音柔软了起来。

鲁一帆在办公室正迷糊着呢，身为领导，下面的人可以调休请假，他却必须在岗进行监控管理和协调，只能抽空就先眯一会儿。给柳旭批了假后，鲁一帆却连小憩一下的想法都没有了，满脑子在想着杨冰带回家的那个孩子。

鲁一帆和杨冰是态度非常鲜明的丁克家庭，这是他们在结婚前就已经协商决定的选择，所以一直没打算要孩子。如今来了一个七岁的小姑娘，杨冰整夜都没敢合眼，一直在书房的床上陪着孔若曦，只要孩子有一点儿动静，杨冰就像个妈妈一样地哄着她继续睡觉。搞得鲁一帆也没敢睡，时不时得过去看看她们。

“你知道吗，方糖让她叫我杨医生，可她张嘴就叫杨妈妈？”杨冰一边给孔若曦擦着额头的汗水，一边小声对鲁一帆说。夜灯下，她的眼中充满了母性的温柔和爱意。

“怎么？你有啥想法？”鲁一帆也是极聪明的人精，立刻察觉到了妻子的变化。

“可能是年龄到了的关系，女人四十，居然开始母爱泛滥，看着这么个小人儿，就想把她保护起来，哄好，养大，实现一种看不见摸不着的成就感。”杨冰低声自我分析。

“其实我前两年也和你现在一样，看见小孩到处乱跑也不烦了，出车只要是救小孩，注意力之外会夹杂很多情感因素。有一次居然把现场指挥的工作扔下，私自跑去救助个孩子，害老孙背了个锅。”鲁一帆笑着说。

“你说我现在这年纪要再生，就属于高龄产妇了吧？”杨冰抬头问鲁一帆。

“不高龄，你还年轻。”

“算你识相，生也不是不能生，可我真的很怕……要不，咱们把她养大吧，反正也不图什么。”杨冰抚摸着孔若曦的小脸蛋说。

“这孩子是挺可怜，说起来和咱们也算有缘。你要是想好了，我没意见的，反正现在杨作家杨导演都自由工作，杨妈妈这个工作要是真接下来，估计你就没那么自由了。”

其实杨冰早在孔若曦开口叫她杨妈妈的时候就动了领养的心，而且以她的专业能力，绝对可以在孔若曦成长过程中，医治好孩子童年留下的心理创伤，这个决定对鲁一帆来说虽然意义重大，却没有任何抗性。他和杨冰一样，没有任何血统执念，成熟理性的思维完整得可怕。

近年来，荷尔蒙和多巴胺都不那么活跃了，鲁一帆知道自己老了，看单位里新来的实习医生和小护士都充满了父爱，此时要是有个孩子能满足他们夫妻为人父母的愿望，真是再好不过了。

两口子越说越兴奋，最后鲁一帆甚至找来了图纸，开始给孔若曦规划房间了，所以一到单位就开始打瞌睡。

好不容易熬到了午休的时候，准备在沙发上好好地睡俩钟头，范恬又跑来敲门，跟他说了柳旭他们俩目前的纠结状态。

“这还有什么好说的呀？你俩的事情整个医疗系统都知道，你以为只有杨冰一个人的手机留底了呢？所有人当时都在拍小视频，除了你们二位当事人以外，每人至少收到了三个机位的吵架秀。”鲁一帆半撑起身子，不耐烦地对范恬说。

“都赖柳旭，他这人隐藏太深，平时就一张臭脸，人家都以为他城府有多深呢，其实就是自己胆小不敢开腔。”范恬一跺脚说。

“事情呢，上面已经决定了，下面他服从不服从，我不想问。总之，时间到了我肯定得派人走，急救中心不止柳旭一个人具备出国学习的基础条件。”鲁一帆板着脸说。

“鲁医生，你当年出国的时候，不是也在和杨大夫谈恋爱吗？你们俩是怎么熬过那几年的？”范恬好奇地问。

“我怎么熬的不能跟你说，我得跟柳旭说，至于她怎么熬的，你去问她咯。行了行了，你们的事情我不想管了，这几天商量好了，给我个准信儿，变数太大的话，我必须早做安排。”鲁一帆把头转向了背面，抱着头说：“出去把门给我关上，告诉你们休息室的人，休息时间不要打扰我，我得养好精神面对下午工作，晚上回家还要伺候孩子呢。”

尾声

网红医生柳旭在机场被好几个粉丝围着签名，网红护士范恬就在不远处咬牙切齿看着脸上挂着笑容的他。范恬根本没有意识到，老白已经走到自己身旁，上下打量她好久了。

“不是领证了吗？还是不放心哪？”老白坏笑着问。

“你说他这人，现在真是来者不拒了，啥场合都露一嘴大白牙，看着贱嗖嗖的。”范恬恶狠狠地说。

“还不是你培养得好，我逼了他好几年，都不愿意打开自己，你手指头这么一勾，比下锅的蛤蜊还来劲。”鲁一帆牵着若曦的手来到了送机厅。

“嫂子呢？”范恬摸了摸若曦的头，她知道自从鲁一帆和杨冰领养了孔若曦后，这两个人都成了女儿奴，特别宠爱这个孩子。

“楼下停车呢，林童在车上。”鲁一帆说完，老白和范恬都一副了解的样子，齐刷刷对他点了点头。

杨冰已经把孔若曦接回家三个月了，这三个月来，娘儿俩几乎是二十四小时无间断接触，杨冰在给孔若曦塑造一个观念，那就是自己会随时陪着她，不让她有被抛弃被孤立被疏离的感觉。

在这期间，鲁一帆的宣传工作推进得很顺利，柳旭和范恬都小火了一把，成了华丰市，乃至本省医疗系统的网络KOL

（关键意见领袖）。林童也回到了单位继续在一号车工作，他好像和柳旭互换了状态，不再像以前一样跟谁都有说有笑，没事儿就缩在司机班的角落里，一脸阴郁，不知道在想些什么。

为了更好地治疗孔若曦的心理创伤，杨冰会经常在微信上和方糖聊天。事实上在关婷死后，林童就和方糖断了联系，方糖几次给他发消息他都没有回，方糖认为林童无法原谅自己当时强出头，可杨冰知道，林童无法原谅的不仅是方糖，还有他爷爷，甚至他自己。

杨冰其实在很早很早以前，孔宪哲出事儿的时候，就看出来林童对关婷有意思，更重要的是，关婷其实对林童也早产生了依赖和爱意，自己在当时却同样不自知。他们二人无法突破伦理的界限，也无法漠视内心的情感，这是一种极不舒服的对峙，必须有一方退让或者退场。

关婷在去世之前决定了退场，林童肯定无法释怀，所以他谁都无法面对，只能把自己尽可能地蜷缩起来，像个刺猬一样对外界形成被动抵抗，才会觉得安全宁静。

杨冰觉得林童这样做虽然无可厚非，但逃避始终不是办法，更何况方糖是无辜的，方糖没有做错任何事情，她为关婷出过力，也为若曦尽过心，不该落得一个连回忆都没有的下场。

趁着这次急救中心里几个要好的朋友为柳旭送行的机会，她想跟林童聊聊，于是就打发鲁一帆先上楼了。

“你不能对人家方糖这样置之不理，婷婷没了，日子还得继续。”杨冰看着后视镜里低头不语的林童，开口劝道。

“嗯。”林童无可无不可地点了点头。

“风雨都过去了，就连若曦都在努力往光明的地方走，不去回顾阴影，你俩这又是何必呢？”杨冰叹息了一声。

“嫂子，我走不出来。”林童想了想，认真地说。

“在我们学心理的人看来，世间没有走不出来的困境。其实有一件事情，我一直想告诉你，只不过之前不太适合说，现在我跟你说一次，希望能对你有所帮助。”杨冰手扶着方向盘说，“其实婷婷是爱你的，她之所以不敢面对，就是怕这份爱对你形成负担，毕竟你俩的身份如此尴尬，算起来，她是你师娘。”

“其实，我知道。”林童眼泪淌了出来，“我努力过，可是她没有。”

“她没有就对了，因为她比你成熟，如果当时她像你一样冲动，会搞得三个人都十分难堪。换个角度想，爷爷会接受她这个孙媳妇吗？若曦会接受你做她的新爸爸吗？你们这些年走得太近了，近到真在一起了，彼此就会变得很尴尬，带来的连锁反应是，所有认识你们的人也会觉得很难接受这个事实。”

“感情是我俩的事情，何必在意别人的看法呢？”林童执拗地说。

“你不能光考虑自己，人是社会的存在物，婷婷之所以那么要强，还不是怕别人戳她的脊梁骨？她不是我，她没我这么理性。她也不是方糖，她没方糖那么感性。她就是她，只能站在关婷的立场去想问题。”

“现在她不用想了，我也不会再冲动了。”林童抹了一把眼泪说。

“傻小子，你低估了时间的力量，也从没有拿一个爱人的眼光去看方糖对你的付出。”杨冰回头，深深地看了一眼林童说。

“嫂子，你就不用劝我了，我知道自己现在的状态，不想再打扰别人了，也不希望被别人打扰。”林童摇了摇头。

“你是做急救工作的，应该知道，人的一生很短，面对生死关头，人们有太多的遗憾了，我不是想强迫你去做什么，只想让你知道，在短短的一生之中，人应该乐观而又勇敢地活着，只要你敞开心扉，快乐总比痛苦要多一些，千万不要因为痛苦中那畸形的美感，而放弃追求真实快乐的机会，这样做，不仅不值得，而且还懦弱。”

“嗯。”林童仍然一副充耳不闻，无可无不可的样子，仿佛根本没听进去杨冰的话。

“眼瞅着要过年了，冬天很快就过去了，春暖花开的时候，你再想想嫂子跟你说的话，希望到时候还来得及。”杨冰知道林童已经听进去了，只是他确实需要时间消化和冷静，“走吧，去楼上送送柳旭，那家伙在出国前，连闪婚这种事情都干出来了，咱去围观一下这个新郎官走的时候哭鼻子的场面。”

“嗯。”林童也下了车。

值机柜台已经开始倒计时喊人了，柳旭还是死死地抱着范恬不愿意撒手。杨冰举着手机直播了这一幕，成千上万的网友此刻正在异地围观。

当依依不舍的柳旭消失在了安检门里，刚才还假装坚强不肯哭的范恬终于流下了泪水，她之前保持的矜持形象，也在那一秒破功了，同样被镜头记录了下来。

就在大家起哄时，他们身后一位也是送机的老人突然捂着心脏部位缓缓倒在了地上，林童手疾眼快，在他头部要落地前，扑倒伸手垫了过去，避免了有可能造成的撞击伤。老白连忙疏散人群，让鲁一帆有个空当过来伏身观察。

“范恬和我治疗观察，林童老白，分头去找AED（自动体外除颤器），这里肯定有。杨冰给120打电话，叫一辆机场救护车。”鲁一帆简单粗略地检查一番后，有条不紊地开始下达指令，“所有围观的人请散开一下，让这位老先生在治疗过程中尽可能不被干扰。”

“鲁爸爸他们在干吗？”孔若曦看着几个大人的状态，抬头问刚刚挂了120电话的杨冰。

“鲁爸爸他们在救人，一旦有患者发生危险，他们就是和死神抢人命的战士。”杨冰抱起了孔若曦说。

“他们能赢吗？”孔若曦认真地问。

“他们会尽全力去赢。”杨冰看着忙碌的鲁一帆和他的团队说。

“加油哇。”孔若曦拍着小手，眼里闪烁着希望对他们大声说。